龍太俳句入門

飯田龍太

角川俳句コレクション

はじめに

ささやかなこの書は、NHK総合テレビ放送のテキストとして、三か年にわたって婦人百科の「俳句入門」のために執筆した拙稿から抄出したものです。

テレビ放送に応募される方は、その七十パーセントないし八十パーセントが初心のひとではないか、と推測されますが、こと俳句に関する限り、初歩と初心とは必ずしも同義ではないように思われます。俳句も詩である以上、もとより若々しい青春の感覚は大事な要素にちがいありませんが、しかし、極度に詩型の短い俳句の場合は、ながながと叙述することは許されません。あれもこれも、ではなく、あれかこれか。その選択に特色を発揮する詩型。いわば、集約した結論だけをずばりと言い切る様式でしょう。

それには経てきた人生体験というものが、俳句にとってかけがえのない要素となるはず。見たもの感じたものに対して、飾らず、偽らず、正直に言い止めたとき、作品に意外な迫力を生むものです。

芭蕉の有名な「俳諧は三尺の童《わらべ》にさせよ」という言葉の意味も、年齢の高下にかかわりなく、無垢《むく》な初心こそ詩の源流であり、正直なその述懐にこそ、詩のいちばん大事なものが秘められているのだ、という意味合いではないでしょうか。

事実、過去において、優れた仕事をされた先人の多くは、初期にその人らしい秀品を生み、その初心を終生胸に抱きつづけていたひとのように見受けます。みずからの作品からみずからが学ぶこと。この姿勢は、俳句にとって、なによりも大事なことのように思われます。そして、ひとの秀句が鮮やかに見えたとき、自作の大きな鞭《むち》となるのではないでしょうか。

婦人百科では、月々応募された作品のなかから何句かを選び、それに対する感想を記しましたが、三か年というと、その数があまりに膨大になるため、残念ながら本書では割愛せざるを得ませんでした。俳句の一般論、ないしは四季春秋の秀作についての感想から、私の意図するところを読みとっていただければさいわいです。

昭和六十一年十一月

飯田　龍太

目次

第二章　秀句十二か月

装丁　大武尚貴

第一章　俳句の特色と魅力

発句と俳句

私たちがいま用いている「俳句」という名称は、正岡子規《まさおかしき》が考え出したもの、といわれています。おおすじのところは、それで間違いないわけですが、しかし、俳句という言葉自体はそれ以前からあったわけです。江戸期にも、俳諧連句《れんく》の最初に置く発句《ほっく》をときに俳句と称したことがありました。

明治のなかごろ、子規が俳諧の革新を目ざし、従来の月並《つきなみ》を切り捨て、新しい文芸としての道を確立するためには、まず名前から改める必要がある。さて、どんな名称にしたらいいか、と考えたとき、それまで殆《ほとん》ど用いられることのなかったこの「俳句」という言葉をふと思いついた。これだこれだ、と。

いってみれば、タンスの底に死蔵されて、人目に触れることのなかった衣装に、パッと光を当てたようなもの。それが時のひとに、たいへん新鮮な言葉として映ったため、あっという間にひろく流布することになったのです。

もちろん、子規のおもいのなかには、俳句は、十七文字で十分独立した形式たり得るもの、まして連句のように、何人かの人で巻をまくなどというのは、近代文芸の邪道。発句だけで十分だ、それでこそ個の文芸、自我の確立があるのだ、という考えがあってのことでしょう。

たしかに今日の俳句の流行の、いちばんの原因は何か、といえば、発句から俳句が独立したことだろうと思います。もともと連句というものは、一座にある程度の共通した教養が必要で、極端に力の差があっては成り立ち難いもの。そこにおのずから制約があるわけですが、俳句はあくまでひとりの世界。ひとりだけの作物。厄介な規則もないし、他のひとの作品にこころ配りする付句《つけく》の苦労もいらない。年齢・性別はもとより、知識・教養の有無さえ、必ずしも俳句の根本義たり得ないというところに、ひろく大衆性を得た原因があったのでしょう。

その意味で、子規のこの改名にともなう運動は、たいへんなことであったにちがいありませんが、しかし、俳句の源流は、あくまで俳諧の発句にあるということ、この点を忘れるわけにはいきません。

もともと発句とは、古くは和歌の最初の五文字をいったわけですが、ついで上句《かみのく》、五・七・五の十七文字を称し、近世に至って、俳諧の連句の最初の句をこのように呼んで一般化したものです。

俳諧の発句は、別の言葉でいうと、立句《たてく》となりますが、立句とは、そのなかに明確な季題・季語があり、一句独立した世界を示すと同時に、たっぷりと余情を含む句であること。余情とは、一座への呼びかけ、といいかえてもいいでしょう。俳句が挨拶、即興、あるいは消息《しょうそこ》とか存問《そんもん》のうただといわれるそもそもは、発句のこのような性格から、おのずから生まれ出たものにちがいありません。

子規からすでに百年を経、発句から独立した俳句もまた百年の時を経たわけですから、今日《こんにち》の俳句の様態を簡単に律するわけにはいきませんが、しかし、俳句とは、そもそもどうした出自《しゅつじ》のものか、ということは一応承知しておくべきことのように思われます。

真情の秘密

限られた字数のなかで、簡潔に意のあるところを伝える、という点では、俳句はどこか電報に似たところがあるようです。

かつまた、簡潔を求めるところから、口語様式より文語様式の方が有効である場合がしばしばあります。同時にまた、内容はこころのこもったものが望ましいのです。

たとえば利用者の便を図って、日本電信電話株式会社では、結婚・入学・年賀あるいは不祝儀など、さまざまな場合の例文を設けています。それぞれ要を得た文例ですが、内容は文字通り可もなし不可もなし。いわゆる以下同文といった感じです。これはこれで止むを得ないことですが、いかに要を得ていても、俳句の場合、これでは人のこころをうつことにはならないでしょう。形を整えることも大切ですが、それ以上に大事なことは、まごころがこもっているかどうかです。

芭蕉《ばしょう》に次のような句があります。

尼壽貞《じゅてい》が身まかりけるときゝて

数ならぬ身となおもひそ玉祭り　　芭蕉

元禄七年、芭蕉が亡くなる三か月ほど前の作。壽貞尼は、証拠はさだかでありませんが、門人の談その他から推察して、芭蕉の若いころの愛人であったひとと思われますが、深川の芭蕉庵にひき取られていて、この年の六月、芭蕉が京都から伊賀に旅しているとき亡くなりました。旅中、その知らせを聞いて、旧七月の新盆を迎えるに当って詠った句。「数ならぬ身」は、とるに足りないつまらない身。つまり、そのように自身を卑下しないで、どうかわたしの手向けの供養を受けてくれないか、という内容。

実に簡潔明快な句です。しかし、この作品を二度三度読みかえしてみると、暗い仏壇にあかあかとともされた灯明の火。そしてたちのぼるひとすじの香煙。その前で手を合わせ、涙ぐみつつ故人の霊に対して、生けるひとに語りかけるような芭蕉の姿がまざまざと見えてくる感じがします。

かりにこの一句が、遠く離れた江戸の芭蕉庵でいとなまれている壽貞尼新盆の夜に披露されたとしたら、一座につらなる人々の胸に深くしみ透ったのではないでしょうか。あるいは一座のひとよりも誰よりも、壽貞そのひとが芭蕉のまごころに涙したにちがいありません。

また芭蕉は、このことにふれた手紙のなかで「壽貞無仕合《しあわせなき》もの」ともいい、「何事も〱夢まぼろしの世界、一言理くつハ無レ之候」とも記しています。まことに理を超えた真情の句、はらわたからしぼり出したような、切実なひびきを持った作品ではないでしょうか。

むろん、これが俳句のすべてではないでしょう。しかし俳句にとって、最も大切な秘密を示している句であることは間違いないと思われます。

女性と俳句

俳句は、即興、挨拶、存問、消息のうただといわれます。

しかし、高浜虚子《たかはまきよし》流の表現に従えば、なにもむつかしいことはない、「お暑うございます」「お寒うございます」という、いわば季節季節の挨拶、それが俳句の根本義だ、ということになります。

あっさりそう言い切られてしまうと、なにかもの足りないような、呆気《あっけ》ない感じもしますが、しかし、この言葉には、たしかに一面の真理を衝《つ》いたところがありましょう。すくなくとも客観写生などという表現より、切実なものがあります。その奥にある扉を開け、そこからすっと秘密の風が吹いて来るような、なにかそんな実感をおぼえます。

別の角度からいえば、挨拶とは、自然に対し、あるいは人の世のすべてに対して、素直におのれのこころをひらくこと。それが俳句のそもそもの姿だ、と言っているようにも思われます。

しかも俳句は、たった十七文字。散文はもとより、他の詩型に較べても極端に短いのです。それを補うものとしておのずから季題・季語が大事な役目を果すことになったのでしょうが、たとい季題・季語のたすけを借りたとしても、たった十七文字では、ことの次第をこまごまと叙述する余地はありません。こう思う、こう感じたと、結論だけを言い切る文芸様式。それなら俳句をつくる上で大事なものは、知識とか教養とかいったことよりも、まず経験、ことに経てきた人生の年輪が大きな要素となるでしょう。

戦後、といっても特にここ十数年来、俳句に親しむ女性が激増しました。わけても中年層の増加が目立つようです。

その原因として、生活様式の変化によって余暇が生じたためだ、といわれてきました。たしかにそれは大きな要因のひとつにちがいありませんが、しかし、もっと根深い理由は、俳句の持っているこうした機能にあったのではないでしょうか。

かつまた女性は、本来繊細な感性に恵まれています。恵まれた感性を存分に発揮し、感じたことを端的に表現するなら、男性にまさるとも劣らない見事な俳句が生まれても決して不思議ではありません。

事実、昨今は、単に量的に女流俳人が増加したというだけではなく、立派なひとびとがつぎつぎに生まれ、ひろく俳壇に活躍している現状は周知の通りです。大正五年、十人ほどの女流俳人が集まって、いわゆる婦人俳句会がはじめて催された、という時代をかえりみると、文字通り隔世の感があります。いまはもう、こと俳句に関する限り、性別はつけ難いというのが現状でしょう。

俳句は懐鏡《ふところかがみ》のようなもの

俳句は、万斛《ばんこく》の憂いを秘めて吻《ほっ》とひと息洩らしたようなもの、と虚子はいっておりますが、私は、俳句は、いわば懐鏡、いまようにいうならコンパクト・ミラーのようなものではないかと思います。ハンドバッグに手軽に入れて、いつも身につけている日常の具です。

しかし、怒ったり、悲しみに打ちひしがれたりしているときは、誰もがついつい鏡を見ることを忘れてしまいます。

こんな話があります。元禄七年秋、芭蕉が亡くなるときのことです。大坂御堂筋の花屋仁左衛門の家で臥《ふせ》った芭蕉の病状は、日いち日と悪化の一途をたどるばかり。病床に侍した多くの弟子たちの憂いは申すまでもありません。

ところが亡くなる前日、急に元気が出て、粥を所望し、いかにもおいしそうに食べた。医師である望月《もちづき》木節《ぼくせつ》をのぞいては、ほかの弟子たちは、これで先生も回復するのではないかと喜び、一座にパッと明るい光がさすおもいがしました。弟子のなかでも特に才智にたけた各務《かがみ》支考《しこう》は、そのような先生の状態を見て、絶好の機会だからこの際家集出版の許可を得たらどうだろう、と提案しました。

これを聞いた向井《むかい》去来《きょらい》は激怒し、「日頃先生は名利名聞を求めず、まして生前に家集出版のことなど厳にいましめていたことだ。しかもこのような大事に際し、そのようなことを口にするとは言語道断。弟子の風上にも置けぬ不届者。同席するのも汚らわしい。さっさとこの場から立ち去れ」ときびしく叱りつけました。支考はすっかり面目を失い、悄然《しょうぜん》となってしまいましたが、しかし、考えてみると全く去来のいう通りです。深々と頭をさげ、黙って座を立ちながら、傍らの広瀬《ひろせ》惟然《いぜん》に、「我に句あり、そこ書給へ」といって、

しかられて次の間にたつ寒さかな　　支考

という一句を示しました。次の間でこのやりとりを耳にしていた芭蕉は、病み衰えた顔に思わず微笑を浮かべた、と古い書物に記されています。

芭蕉にすれば、去来の叱責は理のあるところ。しかしまた一方、その言葉に深く反省して、ただちに真情を句にした支考の力量も成程《なるほど》と合点するものがあったのでしょう。「しかられて次の間にたつ寒さかな」は、事実そのまま。事実そのままでしかも作者の胸中は実に鮮明にわかります。

これこそ、正しくおのれの顔を懐鏡に映し出した句といえましょう。のみならずこの作品は、そのような背景を知らない場合でも、納得のいく内容です。ここにこの作品の確かさがあり、かつまた俳句の骨法に適《かな》ったものといえましょう。それもこれも、下句の「寒さかな」という季語の大きな効果によるものと思われます。

月並とは

つまらない俳句を評して、よくこれは月並だから駄目だ、という言葉を聞きます。

一体、月並とはどういうことでしょうか。

もともと月並とは、月次《つきなみ》、つまり毎月行われる月例会の意で、こん日でもいろいろな催しに、例会とか月例会といわれる、あの言葉と本来は同義だったわけです。

ところが明治になって、正岡子規が、いわゆる旧派の宗匠たちが催す低俗な月々の例会、つまり月並を侮蔑の対象としました。それも繰り返しこの言葉を用いて指弾したため、いつか悪い傾向の俳句の代名詞になってしまったわけです。

たとえば、

余の木皆手持無沙汰や花盛り

というような作品をあげ、「此類の句は月並集中常に見る所なり。故に余は私《ひそか》に之を称して月並流といふ」とか、あるいはまた、「百万の月並連は一個の寒書生に及ばず」などという激しい言葉も見えます。

更《さら》に、月並俳句の性格をいろいろな観点から批判しているわけですが、ひと口にいえば、着想が陳腐で、理屈が入った低俗な俳句、ということになりましょう。

さきにあげた「余の木皆」の句にしても、冬木のうちは、サクラも他の木もみな同じような裸木であったのが、サクラの花が見事に咲き盛った途端、他の木はどれもこれもつまらなく見えてきた。サクラに全部いいところをとられてしまってなすこともなく、手持無沙汰のように見える、という内容です。その拈《ひね》りが月並だというのです。

朝顔に釣瓶とられてもらひ水　千代尼《ちよに》

という有名な句があります。これまた悪い月並俳句の典型といわれる作品のひとつですが、しかし、この句は、「朝顔や釣瓶《つるべ》とられてもらひ水」がどうも原句ではなかったか、という説があります。

なるほど「朝顔に」の方が俗耳に入り易い。ついつい当人もその方に加担して入集してしまった、ということは、当時とすれば十分あり得ることです。

この「に」と「や」の違い。つまり、「に」になると瞭《あきら》かに理が入りますが、「や」となると、井戸のほとりに朝顔が咲いている朝方、ふと見ると、誰かが釣瓶を持っていってしまった、きっと若者のつまらぬ悪戯《いたずら》だろう、という句意になります。これなら特に上等の句でないまでも、田舎にはありがちなこと。それはそれなりの句といえましょう。

事実、千代尼の生地、加賀松任《まっとう》の聖興寺というお寺には、「朝顔や」と記した真蹟があるといいますから、この説は合点がいきます。

その真偽はともかく、千代尼の朝顔の句の、「に」と「や」の違い、これが月並かいなかのわかれ目でしょう。

それはそれとして、あれほど激しく非難しながら、『子規全句集』を読むと、いっぱい月並俳句が出て来ます。このあたりがいかにも子規らしい、おおらかなところ、といえないこともありません。

写生の眼と真実の眼

比較的低廉で性能がよく、しかも操作も簡単ということで、近頃は男女を問わず、文字通り老いも若きも旅行にはカメラを携行するようです。

ことに昨今のフィルムは、感度のいいカラーですから、実によく写ります。出来上がったものを見ると、その場では全く気付かなかったものまで鮮明に写っていて驚くことがあります。記念写真ならこれでもいいでしょうが、こと俳句に関する限り、これでは具合が悪いのです。

私はむしろ、俳句の旅、あるいは吟行の場合は、カメラを持参するより、スケッチをおすすめします。絵の巧拙は問題ではないのです。あるいは、あまり上手でないほうがいいかもしれません。

俳句は、自分の眼で見、こころに感じとった、いちばん大事なところを表現する文芸ですから、なにもかも写しとる必要はないのです。

この点、スケッチは、もともとが省略の絵。俳句の骨法に適ったところがあります。かりに稚拙でも、描いた当人にはその絵を見れば実景が蘇《よみがえ》ってくるはず。

たとえば港の見える宿に着いたとき、窓から見える美しい景色をスケッチしたとしても、出来上がったものはおおよそ実景には遠く、他人には一向に通じない。海のいろもない。しかし、これでいいのです。その絵を見つめていると、描いた作者だけにはその日の風景が見え、その日の海のいろが鮮やかに蘇ってくる。想像でおぎなうこのときの風景は、どんな精密巧緻なスケッチも及ばないでしょう。

これとは逆に、カメラは一見、なにもかも写すように見えますが、その眼はあくまでも機械の眼であって、人の眼ではありません。のみならず海のいろも空のいろも、ときに実景以上に美しく写しとることがあります。

さる高名な画家が、晩年、絵を描くとき、わざと左手に筆を持った、という話を聞いたことがあります。右手に持つと、永年の馴《な》れから離れられない。筆が自然に動いてしまって、出来上がったものにすこしも新味が出ない。これが不得手な左手に持つと、馴れが消えて初心に戻れる、というのです。

あるいはまた、秀れた書家が、いちばん感心するのは、児童の書いた文字だ、ということも聞きます。共に巧みに表現することだけが「真実」をとらえる手だてではない、ということでしょうか。このことは、

五月雨を集めて涼し最上川　芭蕉

の初案を、

五月雨を集めて早し最上川

と改めた芭蕉の場合にしても、「涼し」という、挨拶としては上々の言葉を捨て、あえて「早し」と率直な表現にした工夫とも無縁ではないように思われます。

それならいっそ、俳句の旅や吟行会には、カメラはもとより、スケッチも省略して、自分の眼に頼るのがいい。そのとき、たとい十全の表現が適わなくとも、もっと大事なものがこころに残るでしょうから。

季語の新旧

俳句の季題と季語は、どのような違いがあるのか、という設問がありました。

くわしく説明するとなると厄介《やっかい》ですが、簡単にいえば、季題とは、和歌・連歌などの世界で、古来の伝承的な美意識に支えられて来た季節の題。その最も代表的なものが雪・月・花ということになります。これに対して季語は、季節の言葉、ときに季題も含めた広汎なもの。

特に明治以降は、両者の区別があいまいになり、歳時記などには並記されて、これは季題、こちらは季語などという分類はされておりません。季題・季語とひとまとめにした呼び方をされるのが一般のようです。

芭蕉のころの季題・季語は、いまからみると随分限られた数ですが、江戸も末期に近づくと急速に増加して、その数約五千といわれます。更に、明治・大正に入ると、その約三倍ほどに増えたようです。増加した部分は、主として季語であり、時代相の多様化にともなってのことであることはいうまでもありません。扇風機とかストーブ、あるいはサングラスなどという日常的なものから、ナイターとかプール、キャンプといったものも含めて、新しい季語はこれからもますます多くなりましょう。

反面また、旧来の歳時記に登載されたもので、すでに死語となってしまったものも少なくありません。たとえば「雀海中に入りて蛤となる」などは、それだけですでに十八字の字余り。

あるいは「田鼠化して鴽《うずら》となる」とか「鷹化して鳩となる」などにしても、すべて実作外の言葉あそびといっていいでしょう。

ところが「亀鳴く」などという春の季題の場合、むろん亀など鳴くわけはありませんが、この出典は、古い和歌、

川越のをちの田中の夕闇に何ぞと聞けば亀のなくなり　藤原《ふじわらの》為家《ためいえ》

から俳諧に転用された題で、おおよそ今日的でないように思われるのですが、この飄逸味《ひょういつみ》が存外に現代俳人の志向に適うのでしょうか。

裏がへる亀思ふべし鳴けるなり　石川《いしかわ》桂郎《けいろう》

亀鳴くといへるこころをのぞきゐる　森　澄雄

などという面白い作品が生まれています。ことに第一句は、作者が癌で病臥し、すでに重体となって、もはや寝返りもままならぬわが身をかえりみての感慨。しかも深刻にいわないで、このように詠ったところがいかにも俳諧びとの面目といえましょう。ことに下句の「鳴けるなり」は、事実は「泣けるなり」に通ずる内容でしょうが、亀の声に転じておかしみを出した、このこころばえには、ただならぬものがあるといえます。

したがって季題・季語のある種のものも、単純に古くさいものだとか、すでに死語だと決めつけるわけにはいかないところもあります。しかし、一般的には、今日《こんにち》用いられる季題・季語の数は、おおよそ五、六百から千以内といったところでしょうか。そのなかでそれぞれが好む季題・季語となると、更に限定されることになりましょうが、そうした好尚におもいを定めて、

好きな季語で満足する作品をつくる、これも俳句上達のひとつの手だてとなるのです。

秘められた言葉の重み

散文のなかでも、小説のような形式のものは、ある程度読書のスピードが必要ではないかと思います。四、五ページ読んで数日置き、次を読むというのでは、印象が散漫になってしまいます。表現の細部にこだわっていては肝腎《かんじん》の全体像が浮かんできません。

しかし、詩の場合は、特に俳句のような短詩型は、細部にこだわることによって眼がひらかれる場合があります。

最初目にしたとき、なんとなく共感し、いい句だな、と思う。その理由がハッキリしないいま何年か経ち、再び目にし、改めて感銘を深めるということがしばしばあるのです。

これとは逆に、初見のときは随分素晴らしい俳句だと思ったのが後になって、なんでこんな句に感心したのかと、思わず苦笑することもありましょう。

私のささやかな経験では、後者の場合は、多く部分の感覚や表現技巧に感心していたときであったように思われます。むろん、これはこれで進歩の糧《かて》にならないわけではありませんが、やはり自分にとって大事な作品は前者。その理由がハッキリ胸にきざまれたとき、秘密の扉からさっと光がさしこんだような印象をうけるものです。

具体的な例を申しますと、芭蕉の『奥の細道』に出てくる、

文月《ふみづき》や六日も常の夜には似ず　芭蕉

という一句。最初目にしたときは、なんとなくリズムのいい、感じのいい句だな、という程度の印象だったようです。

しかし、何年かして、この句の背後に芭蕉晩年の望郷のおもいが深くこめられているように思えたとき、思わず吐胸《とむね》を衝かれたような深い感銘にかわりました。

いうまでもなく文月は陰暦七月のこと。七月六日は七夕の前夜。七日はもとより、その前夜さえもこころときめくことよ、という至極平明な内容ですが、この句にはそんな絵解きをこえた重い表現の気息があります。ことにほぼ同時の作、

荒海や佐渡に横たふ天の川　芭蕉

と並置して眺めるとき、そのときめきは一層内にこもった低音の重いリズムをもって迫ります。上句「文月や」という切れを受けて、中七下五の一気にほとばしるような語調に、苦しくながかった旅程をかえりみての感慨がひしひしと感じられるのです。

野沢凡兆《のざわぼんちょう》が、「雪積む上の夜の雨」と中七下五が出来、さて上句はなんとしたものかと思案に暮れていると、芭蕉がこともなげに上句は、「下京や」がいい、と即決したというのは有名な話です。たしかに見事な助言、さすがに芭蕉かなと感服しますが、前記の「文月や」は、この「下京や」以上に、私には目方のある言葉に思えるのです。一見さり気なく、それだけにずんと胸にひびく、ただならぬ重みが感じられて、つきぬ魅力をおぼえるのです。これこそ反復玩味《がんみ》の醍醐味《だいごみ》と思わぬわけにはいきません。

北窓とひとりの世界

私は「俳句は北窓のようなもの」と思うことがあります。その内容を申しますと、俳人は友だちと誘いあって、しばしば吟行という句作の場を持つことがあります。

いち日、仕事や家事を忘れ、季節の風景を堪能しながら詩心にひたる気分はまた格別。句作のため、ひとつひとつの印象を胸に刻もうとしますから、他の行楽とはちがって、風景が一段と新鮮に見えるものです。同時にまた、同じ風景に接しながら、他のひとは自分とちがった印象を受けることを作品の上で知るのも、たいへんいい勉強になるものです。

たとえば風光明媚な海辺の宿についたとき、青空に舞うカモメに魅せられるひと。赤錆びた船腹に好奇の眼をそそぐひと。あるいは岸壁に釣りする子供たちの姿を懐かしく眺めるひとと、関心の持ちようはさまざまでしょうが、こんな場合、誰もがまず身を寄せるのは風景のいい明るい南側の窓。それはそれで自然のなりゆきと申せましょうが、しかし俳句は、そのような美しいところだけにあるとは限りません。

こころみに座を外して、北側の窓に目を向けてみてはいかがですか。

南側の風景とはうって変って、北窓から見える姿は地味そのもの。ひっそりとした家々。家と家との間にはささやかな畑があり、あるいは小川が流れ、その向うには静かな山々がつらなって眺められる。平凡といえばまことに平凡な風景ですが、しかし、眼を凝らして眺めるなら、そこには季節季節の微妙な変化があります。わけても海の西日を受けるとき、山々は刻々と変化して克明に季節を証《あかし》します。南窓で飛び立ったこころが、いつか大地に吸い寄せられるような気分になる。はじめてわれわれにかえったような、そのおもいはまさしく、「ひとりのもの」。そしてそれこそ俳句のこころといえるのではないでしょうか。

綺麗な風景が俳句に不向き、というのではないのです。美しいものを美しいと感ずる素直さは、俳句にとって何よりも大事ですが、しかし姿形《すがたかたち》の整ったものだけが美しいときめてしまってはなりません。むしろ俳句は、見すごし易い平凡な風景を、あらためて見、あらためて感ずるところに特色のある文芸様式といえるのではないかと思います。

別な観点からいいますと、外側の風景が自分のこころのなかに棲《す》みついたとき、作品の風景に生まれかわるともいえます。自然には自然の美しさ。そして作品には作品の美しさがあります。古今の名句といわれる作品のおおかたは、このような姿を示しているように思われます。

たとえば、次の句、

遠山に日の当りたる枯野かな　　高浜　虚子

しばしば近代の名品のひとつとしてあげられる俳句ですが、情景は誰もが何度か目にしているところ。特別めずらしいものでもなんでもありませんが、時代の風化に堪えていまなお多くの人々に愛誦される所以《ゆえん》は、以上のことと深く関りがあるように私には思われるのです。

才智の甘えを捨てる

俳句と他の文芸との相違するところを数えあげたら、いろいろあるだろうと思われます。たとえば極端に短い詩型であるとか、ないしはまた、季題・季語に象徴されるように、格別自然との関りの深い文芸であるとか。その他、機能的にもいくつか考えられますが、おおざっぱにいって、俳句の最大の特色は、才智よりもむしろ、努力の部分が特別多い文芸ではないかと思います。極度に短い様式であるため、とかく才智才覚がすべてであるかのように錯覚されがちですが、事実は全く逆ではないでしょうか。

たとえば芭蕉と蕪村《ぶそん》を比較してみると、このことを痛感します。共に不世出の秀れた俳人であることはいうまでもありませんが、どちらを上位に置くか、といえばその答えはきわめて明白でしょう。

この両者の比較について、大須賀《おおすが》乙字《おつじ》というひとがたいへん面白いことをいっております。二百句三百句秀句をあげるとなると、芭蕉は蕪村に及ばぬが、二十句三十句の名品を選び出すことになると、芭蕉は蕪村をはるかに凌駕《りようが》するだろう、と。

乙字というひとは、俳人でもありますが、より評論家として知られ、子規亡きあとの虚子・碧梧桐《へきごとう》時代に理論家として一世を風靡《ふうび》したひとです。今日顧みても、なるほどと頷《うなず》く点が多々ありますが、これなどもまことに的《まと》を射た見解といえましょう。まさにその通りだろうと思います。

しかし、芭蕉と蕪村の、生得持って生まれた才能の多寡《たか》ということになると、さてどういうことになるでしょうか。

結論的にいえば、私は蕪村のほうが大分上回っていたのではないかと思います。芭蕉の秀れた作品のほとんどは、ほぼ貞享から元禄期の約十年間のもの。それ以前の素晴らしい作品などというのは、ほんのひとつまみほどです。これは決して私の独断ではなく、いまはおお方の定説といっていい見解でしょう。

しかし一方の蕪村は、若年から素晴らしい才能を発揮し、見事な句をつぎつぎと生み出しています。たとえていえば、風に乗って一気にグライダーが飛翔するような塩梅《あんばい》。しかも、ながい生涯の最後まで悠々たる飛翔を止めることがありませんでした。

これに対して芭蕉というひとは、いわばプロペラ機のようなもの。ことに晩年の上昇は、ひたすら努力に努力を重ねて前人未踏の高度を極めた俳人ではなかったかと思われるのです。別の観点からいえば、才智の甘えを捨てて、真の才能をつかみとったひとともいえましょう。安易に風に乗ることを諦《あきら》め、所詮持って生まれた才智などは高が知れたものと観じたとき、その作品に光がさして来たのです。

この秋は何で年寄る雲に鳥　芭蕉

その他、晩年のいくつかの知られた秀作の秘密は、ここにあるのではないかと思います。どこがどういいのか、言葉ではうまく表現出来ないけれども、とにかく読みかえすと、文句なしに胸に沁《し》みる句。乙字のいう限られた特別上等の俳句とは、いってみれば、そんな作品のことではないでしょうか。

　むろん俳句の場合も、才能は無いよりもあったほうがいい。それは当然のことですが、しかし、才能を信じるよりも、努力に頼ったほうが立派な俳人になる近道だ、と、芭蕉はそのことを如実に示してくれているように、私には切実に思われてならないのです。

推敲について

　少々ふるめかしい例になりますが、芭蕉の有名な句のひとつに、

　うきわれを淋しがらせよかんこどり　　芭蕉

元禄三年か四年ごろの幻住庵での作だろうといわれますが、この初案は、

　うきわれをさびしがらせよ秋の寺

という句で、弟子の河合曾良を伴ったあの『奥の細道』の旅を終って、三重県桑名郡長島町にある大智院に泊ったとき生まれた作品です。大智院の住職は曾良の伯父にあたるひとであったということですから、ここを訪れたとき芭蕉のこころのなかには、きびしかった旅の思い出がひとしおなつかしく去来したことでしょう。それから一年余りして、石山のほとりの幻住庵に閑居したとき、ふと耳にしたカッコー（郭公）のこえに、西行の「山里にこは又誰をよぶこ鳥独すまむとおもひしものを」という歌を思い浮かべ、はたと膝を打って、そうだ、あの長島の

句は「かんこどり」としよう、それならいまの気持にぴったりだ、と。

なるほどこう改めてみると、秋の寺の平板な説明より、表現にぐんと弾力が生まれ、自然に随順しつつ、詩の孤独を求めて止まない芭蕉の心境がありありと感じとれます。

つまり、芭蕉にとっての詩とは、単なる事実ではなく、おのれのこころのなかに奥深くすむ真実をとらえることだったのでしょう。逆にいえば、そのためにこそ、眼前の事実は常に大切であったのです。

これを証する推敲が『奥の細道』にあるあの、

五 月 雨 を 集 め て 早 し 最 上 川　　芭 蕉

の一句。

この句は、旅中滞在した大石田の高野《たかの》一栄《いちえい》というひとのところで催した四吟歌仙の発句であり、そのときの原句は、

五 月 雨 を 集 め て 涼 し 最 上 川

つまり、「涼し」という言葉には、お世話になった一栄に対して、「おもてなし有難う。そして景色もまた実にすばらしい」という挨拶が含まれているのです。

しかし、のちに再びこの作品を読みかえしてみると、「涼し」などというあいまいな言葉では、どうもそのときの強烈な印象は生きてこない。もっと対象そのものを見据えた句に、そして最上川の奔流そのものが眼の前に浮かび出てくるような表現にしないと、あの感動は生きてこないと考えたのではないでしょうか。

たしかにこの句の、「早し」と「涼し」とでは、作品価値に雲泥の差があるようです。五月雨は梅雨のこと。その梅雨どきの、増水してきおい流れるみちのくの大河の様相が、「早し」と、ずばりと言い切ったことによって、思わず濁流に引きこまれるような迫力を感じさせます。これが「涼し」では、なんとも生ぬるい傍観の句になりましょう。

先の「うきわれを」の句は、一歩身を退《ひ》いてこころの所在をたしかめ、反対に「五月雨」の句では、体験の事実を見つめ直して、そこにあらたな臨場感を生み出していることになります。いわば作品推敲のふたつの型といっていいでしょうが、どちらの場合にしても、作者にとっての真実は何か、感動の中心はどこにあるのか、という点をきわめようとする姿勢にかわりはないと思います。

たいへんむずかしいことにちがいありませんが、こうしたことは俳句にとって、一番大事なこととといえます。

巧拙を超えるとき

第二次大戦の、沖縄戦ももう終末にちかいころのこと。

身をひそめている小さな洞窟の周囲には、夜となく昼となく敵の砲爆撃の音がひびき、傷つきながらも最後まで行を共にして来た戦友も消えるように息を引きとってしまった。一片の食糧はもとより、戦友に与える末期《まつご》の水一滴さえもない。

一体、戦線はどうなっているのだろうか。一兵士の身としては皆目見当《かいもく》もつかないが、とにかく、自分の死が間近いことだけは確実。どうあがいても最早遁《のが》れるすべはない。そう思うと、妙に気持が落着いてしまった。

どうせ死ぬなら、そう思って暗い洞窟から顔を出すと、外は抜けるような青空。何故か砲声も途絶えている。見ると、眼の前の雑草に一匹の天道虫。ふと、口を衝いて生まれた俳句らしいもの。

天道虫まだ生きている我が身かな

以上は、九死に一生を得た老兵士の、戦後何年か経《た》っての述懐です。それ以前に俳句など作った経験はなく、それ以後にもない。これがそのひとの、生涯たったひとつの俳句だったそうです。

しかし、この句を思い浮かべると、そのときの記憶がまざまざと甦って、ひとに語れぬさまざまなおもいが胸に湧きあがってくるといいました。

「お恥ずかしいものです。俳句などといえたものではないでしょうね。でも、私にとって、いまは大事な宝かもしれません」と静かにいいました。

なるほどこの句は、以上のような説明をきかなければ、十分に理解することは出来ないかもしれません。ことに戦争から遠く隔たったいまになると、病後の感慨か、あるいは老境のつぶやきと解する場合が多いのではないでしょうか。

その意味では十全の作品とはいい難いかもしれません。しかし、俳句は、それでいいのではないでしょうか。余命いくばくもないと思ったとき、天道虫が格別鮮やかに見えたという、たったそれだけの事実。その背後にどんないきさつがあるか、その説明は俳句の埒外《らちがい》のことかもしれません。

たとえば辞世の句といわれる、

旅に病《やん》で夢は枯野をかけ廻《めぐ》る　芭蕉

にしても、作者名を除いて、作品の背景も知らず、初見の句として見るなら、「夢は枯野を」なんでかけ廻るのだろうと、いぶかしく思うのではないでしょうか。

ただし、作品が持つ一種異様な気迫だけは誰もが感じとるにちがいありません。同じことわりは天道虫の句にもありましょう。黒地に鮮やかな赤斑を持つ小さな昆虫のかすかないのち。そこに見るわが身のひそかな生の証《あかし》。まさに「見える」天道虫であるなら、それは立派な俳句ではないでしょうか。

俳句と相撲

俳句とは、日頃見馴《な》れ聞き馴れているものが、思いがけず新鮮に見聞きされた一瞬のもの。くどくど説明する必要はありません。その感銘を言い切ったらいいのです。すくなくとも古今の秀作名品といわれる俳句は、例外なくこのような姿を示しているように思われます。また、そこに俳句の限りない魅力が秘められているのではないでしょうか。

歳時記をひらくと、相撲は秋季となっています。歳時記の生まれた江戸時代には、いわゆる大相撲は秋に行われたためです。

もっと古くは旧暦の七月七日、つまり、七夕祭りの日で宮中で催された行事。ついで七月二十七、八日に行われたとものの本に記されています。また、「すまふ」は「すまひ」（素舞）から来たもので、はじめは一種の舞楽に似た演技。その後、いまでいえばレスリングのような形になり、土俵の上に様式や、いわゆる四十八手といわれている技術が確立したのはずっと後世のこと。

秋季いちどの大相撲が春秋年二回となり、いまのように六回も催されるようになると、俳句の場合も、初場所、夏場所、あるいは名古屋場所などと、こまかく表現しないと実情にあわなくなってしまいましたが、それはともかく、俳句と相撲では、いくつかの共通点があるように思われます。

そのひとつは、競技の場としては極度に狭い土俵。たった十七文字の俳句。しかもいろいろな約束ごとがあります。約束ごとがありながら、そこには意外に変化があり、自在の世界が存在すること。

更に、大兵かならずしも常に優位とは限りません。小柄な力士が大きな力士を破ることはしばしば見かけるところ。今様に例をとるなら、千代の富士や寺尾といったところでしょうか。むろんそこには瞬発的に発揮する技術があります。技術は、才能もさることながら日頃の修練。そしてなによりも力士にとって大事なことは、土俵にのぞむ精神力だろうと思います。

限られた場で瞬発的に発揮する技術。日頃の修練。そして、それを支える精神力ということが立派な力士の最大の肝要事というなら、このことは、そっくりそのまま俳句にあてはまることではないでしょうか。

あるいは土俵際のうっちゃりなど、巧みな句に見られる下句の意外な展開にそっくりです。ただし、テレビの解説者がしばしば口にするように、相撲の本道はやはり押し。アッというような土俵際の奇手も結構ですが、本格相撲というものはなんといっても押し相撲でしょう。一見平凡に見えますが、これこそ相撲の最大の醍醐味。押しにもろい横綱は存在しないようです。この点も俳句と無縁ではありません。

しかも土俵には、東西に徳俵というのがあります。土俵の幅だけ外側にずらしてある俵。まんまるの土俵にアクセントがついて、眺めとしても悪くないし、ここでの勝負がまた微妙。誰が考え出したものか、いかにも日本人らしい繊細な配慮で、つくづく感心しますが、これなど俳句でいえば、僅かの字余りといった感じがします。原則はあくまで十七字ですが、ときに十八字でも表現のリズムに乗ることがあるのです。

たとえば、

曙《あけぼの》や白魚白きこと一寸　芭蕉

のように。これなど僅か土俵の幅だけの字余り。これが二倍にも三倍にもなっては面白くありません。かつての自由律俳句というのは、徳俵を無数につけたようなもので、これでは俳句の妙味がなくなってしまうのは当然です。これを別な角度からいえば、季題・季語あるいは定型という約束は、個人の狭い自由を求めるためのものではなく、共通の自由を得てそこに共感の場をひらくためにあるものといえます。

一日一句、そして三百六十五日

「俳句をはじめたけれど、早くうまくなる、何かいい秘訣《ひけつ》はありませんか」——こんな質問をするひとがありました。

随分虫のいい考えだ、といってしまえばその通りにちがいありませんが、しかし、それを口にするかしないかだけのことで、おお方のひとは内心ひそかにそう思っているのではないでしょうか。

それに対する私の答えはひとつ。

「まず一年間、三百六十五日、毎日一句ずつお作りなさい。三百六十六日目には、きっといい俳人になっているはずです」

ただし、これには少々註釈がつきます。毎日一句とは、仕事が忙しかろうと気分が悪かろうと、必ず毎日一句作ることは勿論《もちろん》ですが、十句二十句作れたときでも、手帳に書き残す作品は一句だけ。旅行したり、吟行に出掛けた折など、たくさん作品が生まれるかもしれませんが、そんな場合でも、なかから一番自分の気に入った句をひとつだけ残すのです。

以上のことを忠実に実行されたら、一年で必ず立派な俳人になりましょう、というのです。

「そう、たった一年間、そんなことなら訳ない」と、誰もが考えるようですが、実際やってみると、これが意外に手強《てごわ》い約束。普通の日記の比ではないのです。日記なら、「晴れのち曇り。今日は特に記録すべきことなき平凡な一日」でまあことは済みますが、一句にまとめるとなるとそうはいきません。ことに病気したり、身近に心配ごとでも生じた場合は、なおのこと厄介です。

それもこれものり越えて一句を得るということは、俳句に必要なこころの集中力を養う上で、たいへん大事なことです。同時に、俳句の即興とか存問といわれる即物性を体得する上でも効果のあること。俳句は一歩身を退いて作るのがいい、あるいは坊さんの言葉でいえば脚下照顧だ、とよくいわれますが、つまり、自分を他人の目で見る客観的なこころの余裕を持つことです。

第二の、たくさん生まれても一句だけにしぼるというのは、自選力をつけるためです。あれもいいこれもいいではなく、あれかこれか。いわゆる二者択一が俳句の決断です。その規準となる句は、その日その折の印象を一番正確に示していると思う作品をえらぶことです。

誰もが初心のころは、自分の句のどれがいいのか皆目見当がつきませんから、先達に教えを乞います。それはそれとして大事な勉強にちがいありませんが、それだけでは十分ではないのです。やはり、一方で作品の是非を決める力を養わないと、そのひとの作品は生まれません。すべてあなた任せでは、かえって先達の教えも身につかないのです。自身の評価と先達の意見が相違したとき、はじめて教えが身につくのではないでしょうか。

題詠の効果

俳句の季題・季語を示し、それに即した句を作る、つまり題詠ですが、明治の正岡子規のころから高浜虚子や内藤鳴雪などという人達、ついで大正期の村上鬼城《むらかみきじよう》・渡辺水巴《わたなべすいは》・前田普羅《まえだふら》・飯田蛇笏《いいだだこつ》といった人達の俳句会といえば、殆どすべて題詠句会だったようです。

昭和に入って、新しい文学運動が興ると共に、俳句は、自分自身の生活や人生観に即して、自由に感情を述べるべきものであり、限られた季題・季語に制約されて作句するというのは、はなはだ非文学的な行為である、という風潮がたかまりました。

この考えは、たしかに理論的には正しく、もっともなところがありますが、しかし、これはあくまで一般文芸上の理論であって、俳句のような極度の短詩型では、必ずしも当て嵌《はま》りません。

俳句はあれもこれも、ではなく、あれかこれか、その選択と決断を示すものです。そのために一番必要なものは気持の集中力を養うことです。別な観点からいえば、いままで漠然と考え、漫然と眺めていたものを、改めてこの眼で見、この耳で聞きとめること。その確認が俳句です。そのための集中力を養う上で、題詠は最も効果のあるすぐれた方法と思います。

同時にまた、ひとつの題であれこれと苦心することによって、他の人の作品のよろしさが鮮明に見えてくるものです。これが俳句開眼の第一歩であり、進歩の最大の手がかりとなるものです。それにはそれなりの努力がなければならない。なんの苦労もなく、手早く真髄をつかんで上等な俳人になろうというのは、少々虫がよすぎましょう。題詠の修練は、そのための最小限度の努力ともいえます。

これはその筋の専門の人から聞いた話ですが、古美術に通じるには、とにかく数多くホンモノを見ることだそうです。理屈でも理論でもなく、ひたすらホンモノを見ること。すると、いつか真贋《しんがん》を識別する力がたくわえられていくものだ、と。

このことは俳句にも通じることでしょう。秀れた作品に接し、ふかくこころに刻むことは、万言の理論よりも大きな糧となるものであり、それが結果として自分の作品をたかめることにもつながります。

ただ俳句の場合は、その選択に、常に自分の憧《あこが》れを重ねあわせることを忘れてはならないと思います。たとい世評高いホンモノでも、自分の志向に合わないものは、存外栄養にならないものです。その点は我流でいい。同時につつましくありたい。つまり、足下眼前に珠玉を見出し、着実におのれの志向するものを確かめていくことです。

薬効の現れるとき

ひところ評判になった民間薬に、蛇苺酒というのがあります。初夏のころ、野道や田の畦などに真赤な実をつける蛇苺を、二十五度の焼酎につけるだけの、至極簡単なものですが、この薬効が抜群。

実は私のところでも、はじめ人にすすめられたときは、何とも気味悪い感じで、使ってみる気にならなかったのですが、たまたま末娘が手首を捻挫し、生憎《あいにく》手元に湿布薬が不足。では、あれを試みてみるか、と半信半疑で用いたところ、一夜で全快しました。

ついで長男の学友が遊びに来て、雀蜂に刺された。医者に行く前に、とりあえず一滴。数分後、医者が診察したときは、すでにどこを刺されたのか、当人にも医者にもわかりませんでした。ことに火傷には効果があり、あのヒリヒリした不快な痛みが消えるばかりか、癒ったあと痕跡がのこりません。また歯痛にもいいようです。つまり万能薬。

ところが蛇苺酒が評判になったため、さる医大の有名な先生が分析したところ、蛇苺には毒はないが、薬効成分はなにひとつ含まれていない、という研究結果を発表しました。途端に、蛇苺酒の人気は下落してしまいました。

これは何とも合点のいかないような気がします。蛇苺酒に薬効があることは、多数のひとの実際に経験するところでしょうし、かつまた、山間地などでは、必要欠くべからざる家庭薬として、百何十年も前から用いてきているそうです。

私は専門家ではありませんが、このお医者さんの研究は、蛇苺酒を分析したのではなく、蛇苺だけを分析したところにあるのではないでしょうか。別に蛇苺酒に限りません。いわゆる梅酒などにしても同断です。これを適量に用いるなら食欲を増進し、あるいは暑気当りをしないというのは、梅のエキスにアルコールが作用して、あらたな薬効を生むためでしょう。

蛇苺そのものには毒も薬もないとしても、それが二十五度の焼酎によってあらたな成分が生成するにちがいないと思います。

詩の言葉もまた、これと同じことわり。ひとつひとつの単語としては、格別なんということもない言葉が、言葉と言葉とがひびき合うことによって、まったく新しい生命《いのち》が宿るのです。さる西欧の詩人は、花のひとつひとつに意味はないが、花と花とをつなぎ合わせると花輪になる、それが詩だ、という意味のことを言いました。これまた蛇苺酒の薬効と同じではないでしょうか。

ことに蛇苺の場合は、田や畑に栽培するものではなく、野道や川のほとりに自然に生えた、いわば雑草のたぐいです。それが焼酎につけるだけで、卓効を示すというところが、なんとも妙なのです。その点、庶民日常の詩《うた》といわれる俳句と、なにやら共通するところがあるように思われて、私は格別興味深いものをおぼえるのです。

自選と他選

俳句が上達するためには、たくさん作った方がいいでしょうか。それとも、最初から一句一句に十分時間をかけて推敲し、数をしぼって自信作にすることがいいでしょうか。

この問いは、しばしば耳にすることですが、私の考えでは、初歩のころは多作することがいいように思われます。一句一句のきびしい推敲は、ひと通り俳句の骨法がわかり、おぼろげながら自分の志向する方向が見えてこないと、とかくひとりよがりの作品になりがちですから。

また、たくさん作って、先輩先達に意見を聞く、これも大事です。

ただし、このような場合でも、すべてあなた任せでなく、このなかで自分としてはこれが一番好ましい作品ですが——とハッキリ表明したい。そのことによって作者の考えが鮮明にわかり、先輩としても意見が述べやすくなるように思われます。そして、先輩の見解と自分の考えの違いを知ることもまた、進歩の大きな糧になるものです。

よくいわれるように、俳句の極まるところは、ほかの誰でもない「その人の作品」を生み出すことです。そのためには、自分で自分の作品が見えてこないといけません。ひらたくいえば、自選力の有無ということになります。また、自選力を養う上で大事なことは、ひとの意見を謙虚に聞き、ひとの秀れた作品に敬意を表すると同時に、常に自分のかくありたいというこころの奥を垣間見る気持が大切です。

かつてこんなことがありました。

戦後間もないころ、私はしばらく図書館に勤めていたことがありますが、近くの銀行に勤務しているひとで、俳句にたいへん熱心な男性がおりました。お昼の休み時間になると、必ずやってくる。その都度、二十句か三十句の新作を出して、どれがいいか印《しるし》をつけてくれ、という。翌日もまた二十句、三十句。こんなことが連日つづく。今日はもう種切れだろうと思ってほっとしていると、退勤時間間際に顔を出す。感心するというより、ほとほと呆《あき》れかえってしまいましたが、どこまで続くか、もうこうなれば根競《こんくら》べ。

そんなことが、かれこれ二か月ほども続いたでしょうか。ところがある日から、なんの前触れもなく、ぷっつり顔を出さなくなりました。

一年ほどして、たまたま町中でそのひとに会いました。すると、

——やあ、その節はどうも。わたしは、もう俳句は諦めました。あれだけ熱心に作っても、進歩しないことがよく分かりましたから——

その後も、そのひとが俳句に復活したという話を聞きませんから、多分、そのままだったのでしょう。

以上は、いささか極端な例かもしれませんが、しかし、俳句を考える上で、私にはたいへん参考になりました。

そのひとつは、俳句はやはり持続の文芸であるということ。そして第二は、いかに熱心に句作しても、自作に対する反省のないところに実りはすくないということです。

料理のこと釣りのこと

昨今、一般家庭での料理に対する関心がたかく、そうした本もつぎからつぎへとたくさん刊行されるし、テレビでは欠かせぬ番組のひとつです。

ときに有名人の素人料理教室といったものも、しばしば放送されるようです。味の方はわかりませんが、なにやら美味しそうな出来栄え。なかには本職はだしの鮮やかな手さばきを見せ

るひとがあって、ほとほと感心することがあります。

釣りなども似たようなもので、漁師顔負けの巧みなひとがあります。また聞きの話ですが、先年亡くなった作曲家の福田蘭童などというひとは、五目釣り（雑多な獲物を狙《ねら》う釣り）の場合、当たりがあった瞬間、ひとつひとつの魚の名をピタリと当てる。一緒に三匹かかると、これはメバルとアジに何々だ、という。釣り上げてみると、まさにその通り。こうなるともう本職以上の腕前といわなければなりません。事実、出漁すると、すれちがう船の漁師が笑顔で挨拶し、敬意を表したといいますからたいしたものです。

ただ、いくら技術が確かでも、釣師は釣ること自体がたのしみで、獲物の多寡《たか》は二の次。漁師は、獲物の多寡がすべて。たのしみは二の次、三の次ですから、ここにたいへんなちがいがあります。

もうひとつ例をあげますと、これもまた、また聞きの話ですから、真偽のほどは保証しかねますが、評論家の河上徹太郎氏は大の狩猟好き。その腕前はたいしたもので、一度狙った獲物は決して仕損じませんでした。

しかし、永年猟をつづけ、百発百中となると、もう獲物を手にするのがもの憂《う》くなってしまった。というより、狙った瞬間、発砲する前に、仕止めたかいなかはもとより、弾の当たる場所まで、もうわかってしまうのです。こうなると、発砲してあたら殺生を重ねなくとも、猟のたのしみは十分に味わったことになるというのです。

料理のこと、釣りのこと、そして河上徹太郎氏の猟のことと、以上の話は、私にはどこか俳句とかかわりがあるように思われるのですが、いかがでしょう。

といっても、むろん、すべてがピタリと当てはまる喩《たと》えというのではないのですが、結果より過程を大事にする、そこに愉《たの》しみの所在を求めるという点に、私には何やら関り合いがあるように思われるのです。

更につけ加えていえば、俳句はまさに手作りの家庭料理の味。そして時に胸中に射止める獲物。その風味や技量に拍手をおくるのはいわばひとの秀句に感銘し、敬意を表する気持とどこか相通うものがあるように思われるのです。

童心と成心

芭蕉は生前、自ら句集や評論集というものを刊行することはなかったのですが、没後、何人かの秀れた弟子たちによって言行が忠実に集録されたため、その人間像が鮮明にのこされることになりました。当時としてはまことに稀有《けう》なことといえます。

伊賀の服部土芳《はっとりどほう》の書き残した『三冊子《さんぞうし》』もそのひとつ。そのうちの『しろさうし』は、連歌の起源から誠《まこと》の俳諧を提唱するに至った過程を述べ、『あかさうし』は、主として不易と流行の体や句案についての具体的な問題に触れ、さらに『くろさうし』では、末尾で用紙の折り方や短冊の書き方にまで及んでいます。

ともかく芭蕉を理解する上では、たいへん大事な書物ですが、その『あかさうし』の中に、

「俳諧は三尺の童にさせよ、初心の句こそたのもしけれ」という言葉が出てきます。三尺の童といったら、いまならさしずめ小学生といったところでしょうか。

この言葉の前には「功者に病あり」とありますから、要するに俳諧は、手馴れた功者になってはいけない、常に童児のような無垢《むく》のこころをもって臨みなさい、ということでしょう。

それで思い出すことは、二、三年前、新聞のコラムにこんな記事が出ていました。

ある小学校で先生が、

「氷が解けると、なんになりますか」

と質問したところ、おおかたの生徒は「ハイ、水になります」と答えたという。

ところがそのなかでひとりだけ「春になります」と返事したというのです。氷が解ければ水になる、という答えもまさに正解、その通りにちがいありませんが、「春になります」という答えのなかには、大人には思いつかないような無垢な童心が宿って、ほのぼのとした詩情さえ感じられます。しかもこの言葉のなかには、寒気きびしい地方の風土感さえ含まれているように思われるのです。

芭蕉のいう「三尺の童にさせよ」という言葉の真意も、このようなところにあったのではないでしょうか。

事実、最晩年の、

秋深き隣は何をする人ぞ　　芭蕉

などという作品にしても、人生観やら哲理やら文学観やらと、むずかしく考えるといろいろ出てくるでしょうが、ひと口に、童心にかえり、初心に根ざした素直な述懐だろうと思うと、そのまますっと身に添ってくる作品に見えてくるのです。

別の観点からいえば、この句を小学生に平易に説明してやったら、存外共感するところがありはしないか。しかも世の風霜を経てきた人たちにはひとしおの感銘というなら、詩の世界の童心といい初心と称するものの実態が、なにやら姿をあらわしてくるように思われるのです。

子規の二句

正岡子規の、よく知られた俳句といえば、

いくたびも雪の深さを尋ねけり

鶏頭の十四五本もありぬべし

でしょうか。前句は、文句なしの秀句として、誰もが認める作品ですが、後句のほうには、いろいろと問題があったようです。

その第一は、虚子が編んだ子規の句集に、この句を入れなかったこと。ついで戦後、いわゆる「鶏頭論争」という賛否のやりとりがあって、再び話題になりました。作品の是非ですから、さだかな決着がついたというわけではありませんが、おおむねのところ、いまは俳句の骨法を踏まえたいい作品、ということになっているようです。

この句の生まれたのは明治三十三年。つまり、亡くなる二年前の作品ということになります

が、句集を見ると、その前年の三十二年に、

鶏頭の十本ばかり百姓屋

という作品があります。ついで翌三十三年に、

鶏頭の四五本秋の日和かな

と「十四五本」の句が出て来ます。それと気付いたとき、私は最初、てっきり推敲したのだろうと思いましたが、その他の例から見て、どうも推敲などではなく、事実は前句のことなど念頭になく、あたらしく生まれた句のようです。最晩年の写生帖のなかに、鉢に寄せ植えの鶏頭図がありますから、誰からか見舞いにもらったものを、そのまま俳句にしたのかもしれません。前二句は病床での想像句ですが、後句はその点確かな写生の句です。

ただし、そのような背景を抜きにして作品を見ると、この鶏頭は、鉢植えのものではなく、あきらかに大地に生え揃って眺められます。鶏頭の、いかにも鶏頭らしい姿として活写されているところに、この句の力がありましょう。その意味では、思わぬ作品の余慶ということになりますが、そのことは別として、改めてこの三句を並べてみると、

鶏頭の十本ばかり百姓屋
鶏頭の四五本秋の日和かな
鶏頭の十四五本もありぬべし

好ましい風景から、好ましい情感に移り、最後は、自然相そのものの実体をずばりといい切った、力強い作品に変貌《へんぼう》していることに気付きます。ことに下句の「ありぬべし」の五文字の

断定が見事。これが重患の床にあるひとの作品か、と改めて瞠目《どうもく》するおもいですが、反面また、

いくたびも雪の深さを尋ねけり

の句には、そのようないさぎよさとは別の、ふくよかな情念、ないしはなつかしい詩ごころの豊かさがひしひしと迫って来ます。そこに鶏頭の句とはちがった、作品の深さと確かさがあるといえましょう。その意味でこの二作は、私にはひとしお興深く、そしてまた、俳句の秘密を持った作品として、格別大事に思われるのです。

第二章　秀句十二か月

一月

凍雲のしづかに移る吉野かな　　日野　草城

吉野はいうまでもなく古歌に知られた花の名所。かつまた、さまざまな歴史の哀歓を秘めた旧跡。だが、冬ただ中のいまは、すべての彩《いろどり》を沈めて群立する巨杉の上を、おもおもとしずかに凍雲《いてぐも》が推し移るのみ。吉野という固有名詞がぴたりと据わり、朗誦性を加えて大景の描出に適った句。新興俳句の先達として活躍した作者の初期の作。句集『昨日の花』所収。

雪嶺の浮きて流れず茜空　　原《はら》　裕《ゆたか》

冬の朝焼夕焼は、夏はもとより、春秋ともちがって、淡々《あわあわ》しく、そして須臾《しゅゆ》に消える。しかし、淡い茜空《あかねぞら》であっても、その下に白一色の雪嶺を見るなら、その印象は格別。この句の場合は、おそらく朝茜でしょう。暁雲にほっと浮かんだ雪嶺にこころ漂うばかり。だが、目をこらすと、寒気凜烈《りんれつ》なかに雪山の威は微動だもしない。充実した気力をやさしく表現した作。句集『青垣』所収。

元日の海に出て舞ふ一葉かな　　中川《なかがわ》宋淵《そうえん》

はればれと明けた元日の海に、折からの山風に誘われて、切り立った断崖の上から一枚の枯葉がたかだかと舞い上がった、という情景。大地の淑気《しゆくき》を宿して天空に舞う一葉を、紺碧の海の白波が囃《はや》したてているように思われると。雄大鮮明、しかも清浄とした、まことに見事な句。作者は、三島の龍沢寺に隠栖《いんせい》する高名な僧ですが、蛇笏門の作家として数多くの秀品を持つ。『雲母代表作家句集』所収。

元日や手を洗ひをる夕ごころ　　芥川龍之介

年改まった瞬間の印象が去年今年《こぞことし》。そして初日を迎え、新年の賀を交わしつつ初詣。お互い屠蘇《とそ》によき年をことほぐ。

しかし、一月一日もたそがれ迫るころになると、なにがなしもの憂いおもいにつつまれる。手を洗う水のつめたさに、ふとわれにかえるおもい。辞世の句といわれる「水洟や鼻の先だけ暮れ残る」と、どこか相通う鋭い感覚を秘めた憂愁の詩《うた》。『澄江堂句集』所収。

更くる夜や炭もて炭をくだく音　　蓼《りよう》太《た》

しんと静まりかえった冬の夜更け。どこかで炭をくだく音がする。炭と炭を打ち合わせる、その乾いた音にひとしお夜の深さと静けさをおぼえる、という句意。みずから埋火《うずみび》を前にしての動作、とも解せられないことはないが、この作品には、どこか音との距離感があるようです。大島蓼太は江戸後期の俳人。俳諧師として少壮《しょうそう》にして名をなし、著書多く、門人二千と称した。才気煥発、ときに俗物視されることもありますが、作品は平明清新。『蓼太句集』所収。

正月や宵寝の町を風のこゑ　永井　荷風

紅葉・露伴あるいは漱石・鏡花・龍之介などの、いわゆる文人俳句のつくり手のひとり。正月といっても格別どうということもない。ほどよい酒の酔いに早寝し、ふと目覚めると、町空を吹き過ぎるつめたい風の音がわが身をつつんだ、という内容ですが、荷風なら生涯家庭を持たぬ独り身。あるいは場末の花柳の巷《ちまた》のひとときでもあったでしょうか。そのわびしさがまた荷風にとっては人の世のこよなきあわれ。『荷風句集』所収。

とぢし眼のうらにも山のねむりけり　木下《きのした》　夕爾《ゆうじ》

「山眠る」は、春の「山笑う」と対句をなし、漢詩から転用した季語ですが、落葉しつくした山々が静かな冬日を浴びて眠るように見えるという。その姿は、眼をとじても、いや、眼をとじると、一段と鮮やかに瞼《まぶた》に浮かぶことよ、と。作者は福山在にあって抒情ゆたかな詩作を発表し、戦中から戦後にかけては俳人としても頭角をあらわす。おだやかな自然詠のなかに、やさしく懐かしいひとごころを宿し、多くの愛好者を持つ。昭和四十年、五十歳で病没。句集『遠雷』所収。

初空や衛士の白きは遠からず　　蓼太

衛士《えじ》は、宮殿や神域などを警護するひと。元日初空のもと、その清潔な白衣姿が鮮やかに眺められた、という句意ですが、「遠からず」という表現に、隔たってもあきらかに、という意味が含まれ、清浄とした宮前の淑気を感じさせます。『蓼太句集』所収。

雪の汽車授乳の乳房つかみ出す　　草間　時彦

あたりは白皚々《がいがい》たる一面の雪景色。しかし、車中は眠気を誘うような暖気。膝の赤子がむずかると、母親は襟をはだけて、無造作に豊かな乳房をつかみ出した。細目をあけて乳首を含む赤子の顔。それにもまして母の乳房の、まぶしいような白さ豊かさ。尊い母情の一瞬から目をそらすと、外はどこまでも雪一色。単調なレールのひびきだけがこの世の音。作者は現代俳人。句集『淡酒』所収。

村ぢゆうが風邪ひいてゐる丸木橋　　杉森《すぎもり》　久英《ひさひで》

全戸数なにほどもない小さな山峡の村でしょう。折から風邪流行《ばや》り。所謂《いわゆる》流行性感冒が猖《しよう》獗《けつ》をきわめて、どこの家でも病人ばかり。したがって、いつもはひとのゆききする田畑への丸木橋に全く人影を見ない。ときおりその空を鴉《からす》が鳴き渡り、あるいはカケスが鮮やかな彩羽を翻《ひるがえ》して向うの山へ、と、そんな風景でしょう。軽妙な表現ですが、なにか沁《し》みわたるような淋しさを宿した句。作者はよく知られた小説家。「銀座百点句会」作品。

二月

面体をつつめど二月役者かな　　前田《まえだ》　普羅《ふら》

面体《めんてい》は、顔かたちとか面ざしの意。二月役者は、二月礼者、つまり、正月忙しかったり、あるいは事故があったため、二月に廻礼《かいれい》する演劇関係や水商売の人達のならわしを踏まえたもの。この場合、いなせな豆絞りの手拭などを想像するのも自由。面輪《おもわ》はさだかでないが、まぎれもなく役者稼業と見うける身のこなし。まさしく下町の情緒。作者初期の代表作のひとつ。『前田普羅句集』所収。

寒鯉の買はるる空のうすみどり　　柴田《しばた》白葉女《はくようじょ》

寒鰤《ぶり》・寒鮒《ぶな》・寒雀《すずめ》・寒蜆《しじみ》などと、寒のつくものには美味しいものが多いが、鯉《こい》もそのひとつ。ことに黒光りする鱗《うろこ》の艶が見事。清冽《せいれつ》な水からあげた活き魚のずっしりとした重み。目をあげると、空の彼方は、淡いみどりの薄絹をまとったようなやさしさと静けさ。「買はるる」ですから、見かけた風景ですが、いかにも鮮烈な把握。句集『冬椿』所収。

春寒し水田の上の根なし雲　河東碧梧桐

ひろびろとした田園。枯れいろの畦草は、そよりともしない凪《な》いだ日。だが、澄んだ大気はまさに春寒。鏡のように光る水田は、ぽっかりと浮いた根なし雲のかげを映している。季節の狭間の、呼吸を止めたような大自然の静けさ。作者碧梧桐は、虚子と並びたつ子規門の双璧。後年、自由律俳句を創始して破れたが、初期には清新な定型俳句を詠んでいる。『碧梧桐句集』所収。

早梅や深雪のあとの夜々の靄　増田《ますだ》龍雨《りゅうう》

春さきにはおもいがけず大雪の降ることがあるもの。しかし、春は確実に訪れて大地をつつみ、雪後の夜にはほのぼのと靄《もや》をまとう。靄の中にぽっかりと浮かぶ早咲きの梅の花の可憐さ。ことに、中七から下句にかけての、やさしい表現のリズムがいい。龍雨は久保田万太郎門。十二世雪中庵という、いわゆる月並宗匠のひとりですが、市井《しせい》の風雅に徹した情感豊かな俳人。昭和九年、六十歳で没。『龍雨俳句集』所収。

襟巻の狐の顔は別に在り　高浜虚子

狐の襟巻といえば高級品。着飾った貴婦人のよそおい。なるほどそれにふさわしい明眸《めいぼう》の美女、と思って近づくと、襟巻の狐の眼がキラリとひかってこちらを見た。瞬間、生きた顔がふたつあるような、ふたつが同一人のような。なんとも皮肉な観察、冷徹な写生の眼と思わぬわけにいきませんが、まさに寸鉄ひとを刺す鋭い把握。しかも、明るいおかしみがにじみ出てくるところが絶妙。『高浜虚子全集』所収。

寒夕焼荒馬街を出でゆけり　佐藤《さとう》　鬼房《おにふさ》

作者は東北塩竈在住のひと。かつまたこの句が、戦後間もないころの作となると、内容は一段と鮮烈に印象づけられます。さむざむとした夕焼の街中を、重い荷車を曳いた輓馬《ばんば》が蹄《ひづめ》の音たかく彼方へ消えていった、という。輓馬の逞《たくま》しい肉体と荒々しい白息に、なにかふっとかなしい吐息が洩れるような印象を受ける句です。そこにきびしい時代の一断面をとらえながら、時を経ても風化しがたい重い詩情が感じられます。句集『名もなき日夜』所収。

日向ぼこ鳶が魚を落しけり　青木《あおき》　月斗《げっと》

鳶《とび》は、鵜《う》や鯵刺《あじさ》しなどのように、水中の活魚をとるということはありませんから、多分乾してある魚を失敬したのでしょう。海岸などではしばしば見かける情景ですが、折角《せっかく》せしめて空高く舞い上がったのに、仲間喧嘩か、あるいは当人の不注意で、大事な獲物を落してしまった、という句。可笑《おか》しいような気の毒なような、そんな作者の顔に、うらうらとした冬の日射し。月斗は大阪の俳人。はじめ子規に師事、のち「同人」を主宰。昭和二十四年、六十九歳で没。作風は温雅。句集『時雨』所収。

洗ひ葱白きあたりが雫せり　能村《のむら》登四郎《としろう》

葱白く洗ひたてたるさむさ哉　芭蕉

芭蕉の句はよく知られた、たいへん有名な句です。むろんそのことは、作者も十二分に承知の上で作った作品。なるほど芭蕉の作品とこの句は、一見素材も情景も全く同じ。しかも、異質の感覚でとらえたところが面白い。つまり、洗いたてた何本かの葱《ねぎ》の白さに寒さを見た芭蕉の、その一本に好奇の眼を向けている句といえます。ことに「白きあたりが」が独特の感受。俳句は、平凡をおそれず、いたずらに類型を避けるよりも、自分の眼を信じることがなにより大事と思いますが、この作品などその好例といえましょう。句集『冬の音楽』所収。

風邪の神粥の白さに驚けり　田中《たなか》鬼骨《きこつ》

うっとうしい風邪も解熱して、今朝はどうやら退散したようだな。茶碗に盛った、湯気のたつ粥《かゆ》の白さは眩《まぶ》しいばかり。真赤な漬梅の一個をその上に置くと、一段と粥の白さがひきたつ。折から窓外はおだやかな寒日和。意地悪な風邪神もこの粥の白さに驚いて逃げ出したか。俳句は俳味と諧味を含むもの。それが即興的に表現されたとき、作品にいきいきとした艶が生まれる。その醍醐味に引き入れられたときの読者の愉《たの》しさもまた格別。句集『春の壟』所収。

張りつめし氷の中の巌かな　　　　石井《いしい》露月《ろげつ》

作者は秋田のひと。明治二十六年上京して子規に俳句を学び、医師試験に合格して三十二年、郷里に帰り開業。句誌「俳星」を創刊して郷友を導き、朴訥《ぼくとつ》誠実な人柄によってひろく親しまれたといいます。昭和三年、五十五歳で講演中急逝。いまなお郷土では慕われていると聞きますが、「雪山はうしろに聳《そび》ゆ花御堂」などの佳品があり、上掲の作も、寒地のきびしさを直視した句。『露月句集』所収。

三月

初蝶の大地五重の塔をのせ　　　　野見山朱鳥《のみやまあすか》

ようやく萌《も》えそめた草ぐさの申し子のように、あるいは、佐保姫《さおひめ》の訪れを告げることぶれのように、ひらひらと舞いただよう一匹の初蝶。その向うの薄がすみの中に、ぽっかりと五重の塔が浮かんで見えたという。初蝶という軽やかなものと、大地というどっしりした言葉。そして遠い歴史を負う古都の象徴。対照の妙を得た早春の華やぎにこころ弾む忘我の刻《とき》。句集『天馬』所収。

帆に遠く赤子をおろす蓬かな　　　　飴山實

真碧《みどり》に凪いだ春の海。浮かぶ白帆。思わずほっと吐息が洩れるような風景。抱いて来た赤ちゃんを、さて、どこにおろしてあげようかな、とあたりを見ると、枯芝のなかにいきいきと蓬《よもぎ》が萌えていた、という句意。「おろす」ですから、やわらかな芝の上に赤子をおろして、あたりを見ると――と解してもいいでしょう。「帆に遠く」がまことに巧みな描出。句集『少長集』所収。

どこからか婆来て坐る春の石　藤田湘子

もとよりこんな情景は田舎のこと。そして、婆《ばば》という言葉のひびきには、老婦人はもちろんのこと、老婆という言葉よりも親しみがあり、どこか、土の匂いさえ感じられます。もう人間であることを忘れて、いつか自然の一部に溶けこんでしまったような。しかもそれが日常の定めのように、路傍の石の上に屈託なく腰をおろす。そのとき、天空はるかに、ヒバリの囀《さえず》りがきかれたかもしれない。句集『白面』所収。

春の水山なき国を流れけり　蕪村

「郷愁の詩人」として萩原朔太郎が指摘したように、蕪村の句には、どこか近代詩の浪漫に似通ったところがあります。この作品なども上田敏の訳した西欧の詩や、あるいは島崎藤村などの詩に相通う抒情をたっぷりと含んでいるように思われます。春望はるかに一山を見ず、草みどりに萌えて駘蕩《たいとう》の流れ。その胸裡に、生地淀川河畔の懐かしい憶い出が秘められていたのでしょうか。『新選蕪村句集』所収。

若布洗ふへらへらと水逃しつつ　長谷川秋子

新若布《わかめ》は春の季物。真水に入れると、青黒い海藻がさっと鮮やかなみどりに変じ、ぬめりを帯びて指にたわむれる。それを素早く笊《ざる》に移すと、若布からしたたるみどりの滴《しずく》。「へらへら」は若布の感触と、あわせていきいきした水の描写。女性の繊細な感覚を生かした、まことに巧みな形容である。作者は長谷川かな女のあとをついで、雑誌「水明」を主宰したが、昭和四十八年、四十六歳で急逝。句集『鳩吹き』所収。

春寒や船からあがる女づれ　　永井　荷風

春先の寒暖を三寒四温という。あるいは春寒料峭《りょうしょう》という言葉もあります。また、大きな客船なら船から「降りる」ことになりますが、この場合は「あがる」ですから、多分桟橋についたささやかな渡船のたぐいでしょう。かつまた、「女づれ」をどのように思い描くかは、読者の想像にゆだねながらも、なにやら淋しい感じ。あるいは旅芸人でもあったろうかと思うのも、一句の語調に加えて、作者荷風の芸境に身を寄せてのこと。『荷風句集』所収。

残雪を山ごと解かしゐたりけり　　平井《ひらい》　照敏《しょうびん》

春に入ったといっても、四囲の山々にはまだ裸木のなかにさむざむとした残雪。ところが一夜、降りつぐ暖雨を迎え、晴れあがった朝方眺めると、霧の彼方に雪なき山の姿がぼってりと浮かびあがった。残雪のみならず、冬の威を捨てた山そのものまで、日のひかりにいましも溶けそうな塩梅《あんばい》。「山ごと解かし」という大仰な表現に、鮮やかな変貌《へんぼう》に対する歓喜が見事にとらえられている。句集『枯野』所収。

ひもすがら日は枯草に猫柳　松村　蒼石

「ひもすがら」は、日がな一日の意。流水はまだひえびえとしてつめたい冬の相。だが、日のひかりはいつか明るさを増してまんべんなく枯草にそそぐ。水面を流れる白雲にもたしかな日脚ののびをおぼえるころ。ふと見ると、岸辺の猫柳には、すでに銀色の花房。そしてあたりは無音の静けさ。その静けさに訪春のよろこびと、いつわりなき自然の化育をしみじみおもうと。作者は昭和五十七年一月、九十四歳で没。その生涯は文字通り俳句一筋。清澄にして温雅を貫く。句集『露』所収。

葉牡丹が捨てられてゐる春の川　川崎《かわさき》　展宏《てんこう》

葉牡丹は、キャベツの観賞用の園芸種で、ヨーロッパ原産。ことに暮れから正月にかけて街頭などで多く見かけますが、ひと冬終わるころになると、彩葉は褪《あ》せ、薹《とう》がたって、見苦しくなる。それが川端に無造作に投げ捨てられていた、という即物的な句。作品は、それ以上何の説明も加えない。しかも読者の印象はピタリと一致して、葉牡丹から目をそらさせない。ひたひたと寄せる春の川波もまた有情のおもい。句集『観音』所収。

夕星を見てゐて急に野火のこと　岡《おか》本《もと》　眸《ひとみ》

「房州鴨川」と前書のある句。とすると、この夕星はひろびろした海辺の彼方。いつか周辺はさすが、海もまた夜のとばりの中へ。昼のおだやかな日和とちがって、さすがに頬を吹き過ぎる風はつめたい。きらめく夕星を仰ぎみていると、なんの前触れもなく、幼いころ目にした早春の野火の焔色が瞼に蘇った、という。この句、むろん前書があれば作品の印象を克明にしますが、前書を除いても十分味わいある作。たとえば、都会の夕景と見ても、遠い故郷を思い浮かべたくなるような懐かしさを誘いましょう。句集『二人』所収。

末黒野をぐいと曲りて川が合ふ　　山田みづえ

末黒野《すぐろの》は、焼野と同義。古歌などにもしばしばあらわれますが、早春、害虫を除き、新芽の生長をたすけるため、枯草を焼き払ったそのあとの景。この句の眼目はもとより「ぐいと曲りて」という、直截《ちょくせつ》単明な表現のよろしさ。しかも、のびのびと流れて二川相合うところ。広野の黒を背後に、早春の川照りが明快にとらえられています。あるいは作者の性別を意識させない骨太の観照ともいえましょう。句集『手甲』所収。

少年の見遣《や》るは少女鳥雲に　　中村草田男《なかむらくさたお》

「鳥雲に」は、鳥雲に入るを略した春の季語。秋、日本に渡って来た冬鳥が春になって北帰するさま。たかだかと舞って、あたかも雲に消え入るような感じを表現した言葉ですが、そのような季節を背景にして少年が少女に、ひそかな思慕のおもいを抱いて見送った、という。遠くはるかなものと、みずからはそれとさだかに自覚しない思春の情と。同時に「見遣る」には、やや間を置いた視線に含羞《がんしゅう》のおもい。句集『万緑』所収。

四月

疾風来て畦に倒るる春の鶏　　水原秋櫻子

春一番とか春二番といわれるように、しばしば突風が吹くことがある。放し飼いされた鶏が、家を離れてのんびりと田の畦に啄《ついば》んでいるとき、突然の疾風《はやて》に見舞われて、一瞬吹きとばされそうになった、という。思わずハッとするが、なにやらおかしくもあったという内容。羽をひろげてよろめく鶏の姿態を素早くとらえた即妙の作。『帰心』所収。

海女とても陸こそよけれ桃の花　　高浜　虚子

白衣に身をつつんだ海女が、真澄みの海につぎつぎと潜っては波間に浮かぶ。陽春とはいえ、まだひえびえとした海風の中。きびしい労働の姿に、ふと、つぶやくように生まれた作品でしょう。ことに桃の花といい止めたところが素晴らしい。梅よりもサクラよりも、あのぽってりした花桃の眺めは、まさしく安住の大地を象徴するもの。やさしくこころの襞《ひだ》に沁みる句。『六百五十句』所収。

陽炎や酒にぬれたる舞扇　　几董

高井几董《たかいきとう》は蕪村の高弟で京都のひと。この作品も師の一面を継承したものといえますが、多分野外園遊の情景でしょう。宴すでに佳境に入って、ゆらめく陽炎《かげろう》の中、手にした華麗な舞扇に酒の滴《しずく》が光る。浮世絵の一場面を見るようなはなやかさがあり、江戸期のおおらかな風俗に、古俳諧の風趣をたっぷりと含んだ作品といえましょう。『井華集』所収。

ふる雨のおのづから春夕かな　　久保田万太郎

「おのづから春」で、ほんの半呼吸ほどの僅かな間合いがあって、「夕《ゆうべ》かな」とつづく作品の調べ。ほそぼそと静かに降る雨は、おのずから夕べを誘い、おのずから春の気配を感じさせる、という句意ですが、二度三度読みかえしていると、夕映えのなかの、雨に濡れた若草や木の芽まで見えてくるような句です。句集『流寓抄』所収。

行春やうしろ向けても京人形　　渡辺水巴

もう間もなく今年の春も終りかと思う。明るさのなかの、なにかもの憂いような気持で、ふとあたりを見回すと、部屋の片隅にぽってりした可憐な京人形。無意識に手が伸びる。くるりとうしろ向きにする。舞妓《まいこ》姿のだらりの帯。そうだろうとひとり合点しながらも、こころにかすかな漣《さざなみ》が走る。あるいはそのとき、暮春の京のあれこれが作者の胸中を去来したかもしれない。『水巴句集』所収。

橋守の銭かぞへけり春夕　　召波

いまなら料金徴収所と称すべきところ。だが、橋守となると風情は別趣。今日いち日の通行代は、さていくらだったかな、と首にさげた銭袋から穴あき銭をさらさらと掌《てのひら》におとす。その音が暮れなずむ川面にひびく。日焼けした老人の頬にかすかな夕明り。川向うにはすでに家々の灯。黒柳《くろやなぎ》召波《しょうは》は京都のひと。蕪村の弟子で、よく師の風を体し、作風温雅。『春泥発句集』所収。

遠蛙酒の器《うつわ》の水を呑む　　石川桂郎

会が終ったあと、あの店で一献、更に席をかえて——。考えてみると、今日は少々度が過ぎたようだ。もう酒は十分、いや、もう見るのもいやなくらいだ。盃についだこの真水こそまさしく甘露。やや酔いのさめかけたわが家の夜更け。遠蛙の声が虚《うつ》ろにきこえてくる、と。無類の愛酒家であった作者の、酒徒のみが知る境地か。石田波郷門の俳人であり、肌理《きめ》こまかな短篇にも妙を得たひとりであった。句集『含羞』所収。

手拭を水に落とせし汐干かな　　高橋淡路女《たかはしあわじじょ》

遠くまで潮のひいた干潟。踏み入れる素足に、ひやりとする砂の感触。沖から吹いてくる風もまだ肌寒く、髪の乱れを抑えるために手にした手拭が、ふわりと舞って浅々とした水に浮かんだという句。どこか艶な、しかも即妙の表現。作者は大正初期、婦人俳句会に属して虚子に学び、ついで蛇笏門に句生涯を賭けたひと。清澄な句風のなかに、凜《りん》とした気品を宿す佳品が多い。句集『梶の葉』所収。

夕風呂のだぶりだぶりと霞かな　一茶

一茶には、擬声語とか擬態語を用いた作品が多い。そのために卑俗に堕《お》ちる場合がしばしばありますが、逆に成功すると、親しみ易い独特の風趣を生んで、ほのぼのとした作品となります。この作品もその一例。多分、戸外の五右衛門風呂でしょう。顎《あご》までとっぷりとつかって、まことわが世の春。「だぶりだぶり」に、溢《あふ》れんばかりの湯のさまと、満ち足りたこころのさゆらぎ。首を伸べると、折しも暮れなずむ彼方には、薄綿をひらいたような春の夕霞が棚引いていた。『文化六年句日記』所収。

稚児溜《だまり》みなおとなしく桜持ち　福田《ふくだ》蓼汀《りょうてい》

四月八日、花祭の日の景。間もなく稚児《ちご》行列がはじまろうとする控えの間。たっぷりとお化粧し、きらびやかに着飾った可愛い稚児さん達が、手に手に桜の小枝を持ち（多分造花のサクラでしょうが）、いくぶん緊張した面持《おももち》で出を待っている。その目がキラキラと光って可憐そのもの。垣間《かいま》見る誰彼の顔に、おのずから微笑が湧く愉《たの》しい風情。句集『秋風挽歌』所収。

五月

牛飼のわが友五月来りけり　橋本多佳子《はしもとたかこ》

牛飼といえばすぐ思い浮かぶのは、伊藤左千夫のあの有名な「牛飼が歌よむ時に世のなかの新しき歌大いにおこる」という短歌でしょう。明治三十三年の作。いかにもあの時代にふさわしい明るい歌ですが、この句には同好のひとの、逞しく健康な手をにぎり合ったような、親しさと懐かしさがあります。しかも「五月」は洋々の背景。句集『紅絲』所収。

柚《ゆ》の花や能き酒蔵す塀の内　蕪村

柑橘《かんきつ》の同類である柚子《ゆず》は、ミカンなどと同じように初夏のころ白色五弁の花を開きますが、みどりの葉叢に点々と眺められるところは、素朴でまことに風雅なもの。漂ってくるかすかな芳香も好ましい。倉のなかで醸《かも》す美酒もさこそと思われるという句意。「塀の内」がいかにも蕪村らしい周到な措辞といえます。ふくよかな景に、きっちりと作品の輪廓《りんかく》を示した句。『新花摘』所収。

ぼうたんの百のゆるるは湯のやうに　　森　澄雄

「ぼうたん」は漢字をあてると牡丹。牡丹は中国伝来の観賞植物ですが、その呼び名は原産地のブータンから来た、ともいわれます。百は、無数とちがって、おおよそ見当のつく数。しかも大輪華麗の花弁が風にそよぐさまは、折からの温気につつまれてあたかも湯に浸っているような感じがすると。彩と形を情念で染めあげたような句。句集『鯉素《りそ》』所収。

さうぶ湯やさうぶ寄りくる乳《ち》のあたり　　白　雄

さうぶ湯は菖蒲湯。五月五日の節句の日、湯に浮かべたまみどりの菖蒲の葉尖《はさき》が乳のあたりに触れて、たのしくもあり、くすぐったくもある。しかも鼻腔につんとしみる芳香のめでたさ。乳を乳房と解すると、そこにまた艶なものが感じられますが、作品そのものは清浄とした感覚の鋭さ。加舎白雄《かやしらお》は信州上田のひと。天明期の秀れた俳家のひとり。『白雄句集』所収。

郭公《かっこう》や何処《どこ》までゆかば人に逢はむ　　臼田《うすだ》　亜浪《あろう》

作者の代表句のひとつ。「大正三年、郷國の渋温泉に静養中の体験を喚起し追憶したもの」という自解があります。郷国は信濃。追憶ということですが、芽生えた落葉松《からまつ》のみどりに真澄みの空。そして、もの音ひとつない水のように澄んだ静かな山の大気が、ひしひしと感じられます。カッコーの鮮やかなこえは、その静けさを一層深めます。『亜浪句抄』所収。

母が泊りに来る夏布団つくろひし　安住《あずみ》　敦《あつし》

「つくろひ」は繕い、つまり、新品を買うのではなく、いままであったものに手を入れて、寝心地のいい清潔な布団に仕立て直す。しかも作者は男性ですから、実際に仕事をしたのは、おそらく奥さんにちがいない。それならまこと夫唱婦随、あるいは一心同体のよろこび。出来上がった夏布団のかろやかな手ざわりに、母の笑顔が浮かぶ。戦後なお、ものの乏しかったころの、作者にとっては尊い記録。句集『古暦』所収。

桐高く咲くや會津に山の雨　黒田《くろだ》　杏子《ももこ》

会津桐と称して、会津若松は桐の産地。市街地を離れて山がかるあたりには、あちらこちらに見事な桐畑を見かけます。ときは初夏の花どき。たかだかと伸びた枝々には、溢れんばかりの花房のにぎわい。折から大粒の山雨が襲《おそ》って、烟霧のなかの華麗は格別。あるいはこのとき、作者の念頭を維新の悲劇がかすめ去ったかもしれないが、それは句案の外。句集『木の椅子』所収。

雲の影ゆき草刈女ふと時を問ふ　加藤《かとう》　楸邨《しゅうそん》

「吾妻高湯」と前書する旅吟のひとつ。旅吟にちがいないが、作者の旅情は、その地に生まれ、その地に生きる草刈女のこころそのものになりきっているように見えます。草の香につつまれ、汗にまみれて、いっしんに刈りつづけていた顔をふとあげて、傍らのひとに時間を聞いた、という句意ですが、上句の「雲の影ゆき」に高原の大景を、そして時を忘れさせる夏日の静けさをおぼえます。句集『まぼろしの鹿』所収。

いくたびか馬の目覚むる夏野かな　　福田甲子雄《ふくだきねお》

ひと冬厩《うまや》ですごした馬も、春の訪れとともにひろびろとした牧場に放たれる。馳駆《ちく》し疾走するまさに自由の大地。その春も過ぎ、いつか満目したたるばかりの緑につつまれるころになると、馬は野性に目覚め、大自然をおのれの住家とおもう。いくたびかそこに眠り、いくたびかそこに目覚めて暦日なきがごとし、と。おおらかで、どこかロマンの香気を宿す自然詠の佳品。句集『藁火』所収。

はつ蟬や初瀬の雲の絶間《たえま》より　　暁《きよう》台《たい》

初瀬は、大和川の源流初瀬川にのぞむ三輪山下の景勝地。また、古来詩歌にはなじみ深いところ。この初蟬は、多分松蟬でしょう。そのこえが、盆地の雲の切れ間から嫋々《じようじよう》ときこえて来た、という句意。まことと時とところを得た大景をよどみなく言い止めた句。加藤暁台（一七三二〜一七九二）は右筆《ゆうひつ》として尾張徳川家に仕えたが、二十八歳の折、職を捨て俳諧の道に入り、蕪村らと交友。京・近江を中心にして活躍。『暮雨巷句集』所収。

はたはたと幟の影の打つ如し　　　　中村　汀女

五月の節句に飾る幟《のぼり》には、一般的な鯉幟のほか、各種ありますが、この作品の場合は、縦長の絵幟でしょう。幟いっぱいに武者絵や合戦図、あるいは鍾馗《しょうき》などが鮮やかに描かれ、薫風《くんぷう》にはためく。折しも好天気の真昼。克明に地に影し、頭上にはためく音はその影に宿って、踏み通るとき身を打たれるような感じであった、と。虚実を転じて瞬間の印象を活写した把握の妙。『汀女句集』所収。

六月

炭ついで青梅見ゆる寒さかな　　室生　犀星

梅が実るころになると、細雨がつづいて、しばしば肌寒い日があります。いわゆる梅雨冷えですが、火鉢に火を入れ、手をあたためながらふと目をあげると、さみどりの葉叢《はむら》に累々とつぶらな青梅が眺められた、という句意。表現はおだやかですが、いかにもこの作者らしい感覚の鋭い句。同時に、文業の日常まで垣間見えるところが妙。『遠野集』所収。

白雲を吹尽したる新樹かな　　才《さい》麿《まろ》

青嵐《あおあらし》という季語があります。あるいは薫風という言葉もありますが、この作品は、そのような季題・季語を実景で示したような句。流れ去った白雲のあとの碧空に、瑞々《みずみず》しい新樹が鮮やかに風に撓《たわ》むさま。まことに清朗な句です。椎本才麿は奈良のひとで、ほぼ芭蕉時代のひとですが、主として大阪で活躍し、八十三歳で没。芭蕉の影響も多分に見える句風。『難波の枝折』所収。

土手越えて早乙女足を洗ひけり　川端《かわばた》　茅舎《ぼうしゃ》

俳句は、動作の一部分をとらえて、関連する前後の情景を描く手法がしばしばとられます。これもその一例。田植えの一段落した早乙女《さおとめ》が、昼餉《ひるげ》のためか、あるいは夕方家路につくためか、小高い土手を越えて川辺に降り、素足の泥を洗いおとしたという。ことに後者の解をとると、内容に滋味を加え、感覚的にも印象深いものとなりましょう。『茅舎句集』所収。

梅雨の海静かに岩をぬらしけり　前田　普羅

ほそぼそとさみだれが降る日の海は、暗く重い。海面はべっとりと凪いで、波のひびきも、ひとしおもの憂い調べ。岸辺の岩を、ゆったりと波が越えると、岩肌はぬめぬめと光る。この自然相は、百年、いや千年・万年前も、いまと全く同じ姿ではなかったか、と思う。文字通り原初の静けさ。それ故に人の生《よ》のはかなさ。『普羅句集』所収。

短夜や空とわかるる海の色　几董

同じ季節の特色をとらえた「明易《あけやす》」という季語がありますが、似たような内容でも、この作品は、夜を背景にして、空と海のあかつきの変貌を素早くとらえたところが見事です。刻一刻と、海は海のいろになりつつ、重く深く、空は夜のヴェールを脱いで次第に明るさを増す。まさしく夏暁一瞬の爽景。蕪村門の高井几董は、蕪村の高弟として、ことに印象鮮明な自然詠に秀でていたようです。『井華集』所収。

麦秋や馬いななきてあとさびし　塚原《つかはら》　麦生《ばくせい》

麦が一望に黄熟し、あたかも秋光につつまれたような風景となるのが「麦の秋」。春季の「竹の秋」と同巧の季語ですが、この作品を読むと、ひろびろとした北海道の沃野を思い浮かべたくなります。さかんな麦畑の実りの季節。見はるかす限りに人影ひとつなく、天空に浮かぶ白雲。折しも遠く馬の嘶《いなな》きを聞きとめたという。「あとさびし」は、いわば充実した自然の、黙の深さと大いさに寄せる感慨。作者は医家の現代俳人。句集『林鐘』所収。

瀧の上に空の蒼さの蒐《あつま》り来　後藤《ごとう》比奈夫《ひなお》

「瀧の上に水現れて落ちにけり　後藤夜半」という著名な句があります。しかもこの句は作者の父君のもの。もとよりこれを知りつくした上で、あえてこの作品を発表しているわけですが、両句を比較すると、瞭《あきら》かにちがった内容。しかも再読三読するに従って、そのちがいはますます大きく開いていく。そこに作者の確固とした世界があり、俳句によせる信念がうかがえます。句集『初心』所収。

花さいて田植おんばこふまれけり　吉武《よしたけ》月二郎《つきじろう》

「おんばこ」は、オオバコの方言。車前草とも書くように、田道の湿地などに生える雑草。花は小さな切りたんぽのような姿。それが早暁から往き来する早乙女の足に踏まれた、という句意ですが、オンバコというはずんだリズムによって、田植時の活気をとらえながら、「折角花をつけたのに」という雑草の歎きを含めたところが作者の自然愛といえましょう。『吉武月二郎句集』所収。

病人の駕も過ぎけり麦の秋　　蕪村

満目黄熟した麦畑の眺めは、周囲のみどりと対照して、いまも昔もひろびろした明るい風景。行き交う人馬の姿もおのずからはればれと眺められるが、そのなかを駕《かご》に乗せられていく病人があった、と。「も」という一語に、蕪村らしい客観的な視線が感じられます。『新花摘』所収。

黄昏《たそが》れてゆくあぢさゐの花にげてゆく　　富沢赤黄男《とみざわかきお》

紫陽花《あじさい》は、梅雨どきの花として、なくて適わぬ市井の景物。鮮やかでありながら、どこか湿りをもった花の姿にたそがれが迫るころ、いち早く闇に溶ける。「にげてゆく」は、そんな印象を自然に寄り添って主観的にとらえた言葉。作者は戦前の、いわゆる新興俳句の一方の旗手として頭角をあらわし、戦後もひとの世の孤独を作品の中心に据えて、特異な作品を発表したが、晩年は句作を絶ち、昭和三十七年、五十九歳で没す。句集『天の狼』所収。

うす繭の中ささやきを返しくる　　平畑《ひらはた》　静塔《せいとう》

すっかり成熟した蚕《かいこ》が蔟《まぶし》に移されると、蚕が口からさかんに糸を吐いて繭《まゆ》づくりをはじめる。数刻にしてたちまち身を薄絹でまとうさまは、まこと自然の神秘。耳を近づけると、繭のなかからかすかな音がきこえてくる。「心配しなさんな。仕上げは上々。任しとき」。思わず、「なにぶんよろしく」といいたくなるような感じ。句集『栃木集』所収。

七月

風鈴の空は荒星ばかりかな　芝《しば》 不器男《ふきお》

真夏の夜、それも空一面らんらんたる星に飾られた真澄みの闇。折から涼風に鳴る風鈴の音に、星は一段と光を増すように思われた、という句意。力強い句です。同時に読者の胸にしみ透る涼気をおぼえる作。不器男は愛媛の人。昭和五年、二十六歳で病没した近代の代表的俳人。その作品は二百句にみたぬ数ながら、ことごとく佳品。『芝不器男句集』所収。

手花火に明日帰るべき母子も居り　永井 龍男

この母子は、作者の娘さんと孫。あるいは避暑地などでしばらく馴染んだ知り合いの母と子という場合もありましょうが、前者の解をとると、ひとしお手花火のひかりに無言のおもいがこもる感じです。しみじみした作品です。作者は小説の名手といわれますが、東門居《とうもんきょ》と号して俳家としても知られる人。『図説俳句大歳時記』夏所収。

ものの音水に入る夜やほととぎす　　千代尼

川のほとり、あるいは湖沼の近く。夏の夜も、もう大分更けたころでしょうか、万象ことごとく寝静まって、音のすべてがあたかも水底に沈んでしまったように思われる中空に、ホトトギスの鳴くこえがきかれた、という句。千代尼の知られた句は、つまらぬ月並や他人の作であったりして、誤解の多い俳人ですが、秀れた作もすくなくないのです。『千代尼句集』所収。

登山者のわが庭通る晴天なり　　久米《くめ》三汀《さんてい》

三汀は小説家久米正雄の俳号。少壮にして秀抜な句を作《な》し、注目を浴びたが、生涯余技として愉しむ。しかし、この作品によっても知られるように、俳句の技法は確か。ことに下句の「晴天なり」が鮮やか。見知らぬ若者にちがいないが、思わず「注意して、元気に行ってらっしゃい」と、声をかけたくなるような、はればれとした夏の朝空。句集『返り花』所収。

螢火のほかはへびの目ねずみの目　　三橋《みつはし》敏雄《としお》

もの音ひとつしない闇に、蛍火《ほたるび》が妖しく明滅する。しばらく目をこらしていると、蛍火のほかに、なにやらものの怪《け》がひそむように思われてくる。いや、ものの怪などというものではなく、どこかに蛇の目が光り、野鼠の目がこちらを窺《うかが》っているにちがいないのだ。うつぼつとした真夏の夜は原初の姿にかえってわが身を包む。『三橋敏雄全句集』所収。

職場より見てゐる雨の祭かな　　恩田　秀子

祭は夏の季。それも下町の夏祭か。作者が浅草のひととなると、あるいは三社祭かもしれない。老いも若きも鯔背《いなせ》な揃いの祭装束《しょうぞく》。元気のいいかけ声に、ひときわ甲高い声がまじるのは娘さんの艶姿《あですがた》。折からの夏雨を浴びて、かけ声に一段と勢いがつく。この句、「職場より」が面白い。常住の地の、それ故の親しさと懐かしさ。まことにわが町よ、と。句集『朝の玩具』所収。

泉への道後《おく》れゆく安けさよ　　石田　波郷

自分は病後の身、一行と歩調を合わせるわけにはいかない。しかし、満目滴るばかりの径《こみち》をゆっくりと辿《たど》る、いまのこのひとりのこころは安らか。賜わりし生命の尊さをしみじみ思う。そしてゆく手には涼しい泉が待っていてくれるのだ、と。平凡な言葉でのべながら、あふれるようなやさしい生命感がみなぎり、読者をなごましてくれる見事な秀作。句集『春嵐』所収。

氷抱く婢《ひ》の声透る大暑かな　　横光　利一

むろん、電気冷蔵庫や冷凍庫など普及する以前のこと。氷屋さんが大きな鋸《のこぎり》で立ち割った氷をかかえたお手伝いさんが、その重さに、思わず悲鳴に似た金切り声をあげた。その声が大暑の路にひびいた、というのでしょうが、大暑の氷の澄みがまざまざと見える感じ。いうまでもなく作者は著名な小説家ですが、俳句もまたいわゆる新感覚派といわれる作風に通うもの。石田波郷らと交友があり、独自の句風を持ったひと。『横光利一全集』所収。

退院の握手を医師と夏の雲　阿部みどり女

作者は、いわゆる女流俳人の草分けとして七十年の句歴を重ね、昭和五十五年、九十三歳で没。この作品は、その最晩年、入退院をくりかえしていた折のものですが、小康を得てひとまず退院するとき、お世話になった病院の医師と感謝の握手をしたという。折から夏空には団々たる入道雲の偉容。これこそまことと生ける証。そしてまた、寄せられたひとびとの情そのもの。温雅な人柄にふさわしい、率直単明な慈句といえます。句集『月下美人』所収。

晴天へ虫とばしをり大夏木　宇佐美魚目

夏空にそばだつ大樹。その鬱々《うつうつ》たる精気。ふと見ると、高い梢の葉叢《はむら》から、黒い昆虫がつぎつぎに翔び立つのが見える、という内容ですが、夏木そのものが炎帝への使者として、大空の彼方へ送り出しているように思われた、と。微細な情景を素早くとらえて、背後に悠々《ゆうゆう》たる大自然の大景を描きとった句。気力のこもった写生句といえます。句集『秋収冬蔵』所収。

八月

雷雨過ぎ正座の客に杉の箸　桂《かつら》　信子《のぶこ》

畏《かしこま》った客もうけの座でしょうか。御馳走《ごちそう》を前にしての俄《にわか》の雷雨。主客共に、しばらく窓外に気をとられていると、驟雨《しゅうう》一過してたちまち爽涼の風。「ではなにもございませんが」と、型通りの挨拶がはじまる。特に、正座した客の膳に置かれた、まだ手を触れない上等の杉の箸がすがすがしく眺められたという句意。時の動きを背景にして、一座の空気を箸に集約したところが鮮やか。句集『晩秋』所収。

泳ぎ子に西日まだある河原かな　島田《しまだ》　青峰《せいほう》

夏は子供の天国。ことに清流での泳ぎは、時の経《た》つのも忘れる最大の愉楽。泳いでは岸に上がり、また水にくぐってひと日を過ごす。気がついてみると、いつか日は西に傾いて、強い夕日が白々と河原を照らしていた。「西日まだある」という表現に、そんな遊び足りない子供達の気持が端的に示されていましょう。作者ははじめ虚子門、のち戦中の俳句弾圧事件によって病没。『青峰集』所収。

灯虫さへすでに夜更のひそけさに　中村　汀女

灯虫《ひむし》は灯取虫の略。夏の夜の灯に集まって舞い飛ぶ蛾や蝶を指しますが、短い夏の夜もすでに明け方近いころ。ひとも草木もまだ睡《ねむ》りから覚めきらないなかで、常夜灯だけがポツンと白い光を放っている。舞い飛んでいた火蛾たちも、いまはその光の中のあちこちでひっそりと翅《はね》を休めているという。夏の夜明けに気息をあわせたような、静けさを持った句。『汀女句集』所収。

ただ居りて髪を暑がる遊女かな　路通

斎部路通《いんべろつう》は蕉門のひとり。定職なく、漂泊乞食《こつじき》の生活をつづけ、同門の人々はもとより、時に師の勘気を蒙《こうむ》るような不実の行為があったといいますが、芭蕉はその詩才を認めて、命終に際しては門弟に後事を託したという。その作品を「細みあり」と評したように、この句も、弱きものへの愛憐《あいれん》の情を秘めて、肌理《きめ》こまやかな感覚を鮮やかに示している。『蝶すがた』所収。

涼しさの肌に手を置き夜の秋　高浜　虚子

「夜の秋」は、夏も終りに近づいて、夜ともなると、なにやら秋の気配をおぼえること。たいへん魅力的な季語といえますが、俳句に定着したのは実は大正の中ごろ。比較的新しいもので、それ以前は「秋の夜」と同義に用いられていたようです。涼風を愉しむ夏の夜のひととき。浴衣の胸のあたりがいつかひえびえとして、思わず手を当てたという。なんとも見事な把握。句集『六百五十句』所収。

扉《と》を押せば晩夏明るき雲よりなし　　野澤《のざわ》節子《せつこ》

作者療養中の作品、と知れば、内容は一段と痛切に、そしてやるせない感じを深めるでしょうが、しかしこの作品は、そのような背後の事実を知らなくとも十分に理解出来ましょう。目くらむばかりの光の中の、遠近もさだかならぬ満天の薄雲を、一瞬に言い止めているためです。まさしく晩夏とは、このような空しさを秘めた季節。作者代表作のひとつ。句集『未明音』所収。

富士を去る日焼けし腕の時計澄み　　金子《かねこ》兜太《とうた》

必ずしも富士登山の折と解さなくともいい。富士を仰ぎつつ過ごした青春の日々。今日は帰京の日と思えば、中天にそばだつ夏富士の偉容にひとしおの感慨。なに気なく腕の時計を見る。日焼けした肌に鮮やかな文字盤の澄み。微妙に時を刻む秒針のかすかな音。大自然の巨と眼前の微と。あるいは過ぎし日の華やぎとさゆらぐこころ。健康な肉体にひそむ一瞬の感傷。句集『少年』所収。

盆僧の汗芳しく来たりけり　草間　時彦

霊棚《たまだな》をつくり、真菰《まこも》を敷いて、くさぐさの野菜や果物を供える。燈籠に灯を入れ、線香の煙がたちのぼると、日頃はなんということもない仏壇がにわかにいろめく感じ。戸口に声がした。棚経《たなぎょう》の坊さんが来てくれたようだ。出迎えて挨拶しながら、見るとその顔は流汗淋漓《りんり》。思わず重ねて御足労を謝しつつ、なんとその行《ぎょう》の尊くさわやかに思われることか。句集『櫻山』所収。

火取虫窓辺の闇は壁のごと　高木《たかぎ》　晴子《はるこ》

山の宿か、あるいは避暑地のようなところでしょう。日が落ちると、にわかに闇が迫る。わけても晩夏のころは、闇が次第に厚みを増して、灯ひとつ見えない窓辺は、あたかも漆黒の壁を垂れたよう。そして室内に点《とも》された灯には、きらめき舞う火取虫。その明暗にひとしおゆく夏のおもい。作者は高浜虚子の五女で、大正四年生まれの俳人。句集『晴居』所収。

法師蟬いつもの山のいくつ聳《た》つ　斎藤《さいとう》　玄《げん》

法師蟬は晩夏から初秋にかけて鳴く蟬。そのこえを聞くと、いつも見馴れている山がにわかに瞭《あきら》かに、そして遥かなおもいを誘う。嶺々のいただきを眼で追いつつ、こころはいつか秋空の中へ。作者は北海道のひと。病臥命終近いころの作のひとつで、他に「山をもて目を遮りぬ秋の暮」「睡りては人をはなるる露の中」「深山に吹かれて誰の秋風ぞ」。句集『雁道』所収。

蒲《がま》の穂やたまたま遠き薄日射《さし》　北原　白秋

「たまたま」は、まれに、とか、ふとという両義がありますが、この場合は後者。水辺あるいは水郷の、焦げ茶色の切りたんぽのような蒲の叢。ふと気付くと、夕ぐれ近いころのはるかな雲間から、うすうすした日が射していた、という晩夏の景。去りゆく夏の情感をやさしくとらえた句。白秋の俳句は、詩や短歌ほど優れたものではありませんが、没後、木俣修編の一集には、詩や歌とはちがった淡泊な自然詠が見られます。句集『竹林清興』所収。

九月

つぎつぎに人現はるる萩の中　　五百木《いおき》飄亭《ひょうてい》

萩の花の咲きさかった向うから、人がつぎつぎに現れてきた、という実に単明な句です。野原でもいいが、寺苑か公園か、あるいは萩で有名な仙台の青葉城趾のようなところでしょうか。この句の「萩」は実に的確な選択。たとえば「菊の中」では、このおおらかさと意外性は生まれないでしょう。唐突で、しかもまことに自然な景。作者は子規時代の俳人。『飄亭句日記』所収。

いなづまの花櫛に憑く舞子かな　　後藤《ごとう》夜半《やはん》

華麗な花櫛をつけ、いわゆるダラリの帯を締めた京の舞子さん。夜天にきらめく稲妻の光を受けて、花櫛がキラリとひかった、という情景。「憑《つ》く」は、ものの怪《け》がつく、つまり、天の鬼神が美しい舞子姿に惹《ひ》かれてねらいうったような感じであったというのでしょう。句集『翠黛』所収。

三つ栗の三つ合へば毬恋《いが》ふと見ゆ　林原《はやしばら》　耒井《らいせい》

栗の毬の中には、二つ実のものもありますが、おおかたは実が三つ。両端の二つは半円形で、真中の実は扁平。毬の口がパックリ開いて、地に落ちた三つの実を合わせると、あたかも三兄弟あるいは兄妹のように、梢上に残る母なる毬を恋うように思われた、という句意。この作品のよろしさは、以上のようなロマンチックな意味の上に、ういういしい栗の実の艶《つや》が鮮やかに見えるところ。句集『蜩』所収。

白露や死んでゆく日も帯締めて　三橋《みつはし》　鷹女《たかじょ》

女の宿世《すくせ》、あるいは業《ごう》といったものを鮮烈に吐露した句。むろん日常和服に終始したころのこと。事実この作者は細身で、和服の似合うひとでしたが、上句の「白露や」は、単に露のはかなさという比喩をこえて、眼前に見える露の燦光《さんこう》を感じさせる。また、「帯締めて」という言葉には、女性みずからを客観した鋭い視線とかすかな自嘲のにおいがあるようです。句集『白骨』所収。

食べてゐる牛の口より蓼《たで》の花　高野《たかの》　素十《すじゅう》

タデにはいろいろの種類があるようですが、この場合は、路傍や川辺でよく見かけるサクラタデを想像したい。白色に薄紅を刷《は》いた可憐な花です。無心に草を食べている牛の口元に、いましものみこもうとするタデの花が見えた、という。一瞬の情景を素早くとらえた、見事な写生です。上句の口語表現もまことに効果的。句集『初鴉』所収。

新涼や豆腐驚く唐《とう》辛《がらし》　前田普羅

山岳俳句を主として、大柄な自然詠の佳品によって知られる作者の、初期の都会人的感覚を示す飄逸《ひょういつ》な句。真白な冷奴《ひややつこ》の上にちょっぴり乗った真赤な唐辛子粉。いかにも涼味を誘う眺めだが、当方の食味はまず置いて、吃驚《びっくり》したのは豆腐自身ではないか、と興じた。ことに、「新涼や」と、上句に初秋の季節を提示したため、色彩感覚を一段と鮮明にした。『普羅句集』所収。

秋風やわが墓までのひとの墓　長谷川春草

供華《くげ》をたずさえて一歩墓域に入ると、そこだけは別世界の静けさ。そして、たどる小径の左右には無数の墓。その栄枯盛衰はもとより知るよしもないが、ひとしく彼の世のひとと思えばおのずから菩提《ぼだい》のこころ。だが、この句は、そんな感傷をふりすてて明快な表現をとり、墓域を行く作者自身を描出した。したがって吹き過ぎる秋風が墓域のすべてを包む。『春草句集』所収。

露けき戸そとより敲《たた》き子を起す　安住敦

「おいおい、もう時間だよ。起きなさいよ」といっても、そこに若干躊躇《ちゅうちょ》する気持も。それが「露けき戸」によく示されています。微妙な内容をさらりと言い切った力量は確か。ことにとらえた季節感の配意が巧み。露にこだわって鑑賞すると、同じ屋敷内の別棟の子の家、という見方も出来そうです。句集『午前午後』所収。

コスモスの家燈《ひ》が入らず暮れにけり　　永田耕一郎

秋桜という字をあてるコスモスの花は、姿形はあまりサクラに似ていないにもかかわらず、楚々とした感じが、どこかヤマザクラの印象に通うものがある。少女のように清潔でひと懐かしく、そしてちょっぴり淋しさを秘めて——。が、その花も暮れいろにつつまれてしまったのに、あの家には電燈がともらない。何故だろうかと、ふとかすかな不安が胸をかすめる。それもしかし、見知らぬ家のこと。不安は闇に消えたコスモスの花色と同じあわあわしさ。句集『方途』所収。

霧の村石を投らば父母散らん　　金子兜太

作者は秩父生まれのひと。かつていわゆる前衛派といわれる俳人のひとりですが、おもいの底には土俗の根が深く、郷土を離れてみると愛と憎はひとしお複雑。この句、表《おもて》には憎の姿がいろ濃くあらわれていますが、やはり、断ちがたい思慕と望郷が詩因。石を投《ほう》るのではなく、「投らば」という仮定にその気持が見えましょう。句集『蜿蜿《えんえん》』所収。

十月

浦安のもどりの道の秋祭　　星野　立子

浦安は、江戸川河口の左岸・東京と川を境にする町。東京というより、江戸と葛飾を分かつところ、といった方がいいかもしれません。びょうびょうとした秋の水郷にこころ遊ばしたあと、思いがけずささやかな秋の祭りに出会った、という句意。「もどりの道の」というさり気ない表現に、親しみと懐かしさが感じられます。『立子句集』所収。

鳥わたるこきこきこきと罐切れば　　秋元不死男

澄んだ秋の高空を、つぎつぎに小鳥が渡ってくる。生きとし生けるものの尊さ有難さをしみじみとおぼえるとき。持参の罐詰に罐切りを当てて、ぐっと力を入れると、ほどよい手ごたえとともに、リズミカルに缶の切れる音。「こきこきこき」という擬声語が、まことに巧みに一句にひびき、爽涼のおもいを誘います。それ故にかすかな孤愁も感じられる句。句集『瘤』所収。

瀬戸うちの帆が見ゆるなりきのこ狩　　及川　貞

茸《きのこ》を求めて懸命に樹間をのぼる。いつか小高い山の上に出て、ほっとひと息つく。眼下を見ると、きらめく瀬戸内の海と白帆が夢のように浮かんで眺められた、という絵ハガキのように美しい景色でしょう。だが、絵ハガキには見えない緊張と放心、そしてこころの弾みが秘められています。籠のなかの茸の、得もいわれぬ芳香をおぼえるのも鑑賞のたのしみ。句集『野道』所収。

秋晴に熔岩《ラバ》につきたる渡舟かな　　篠原　鳳作

鹿児島に生まれ、はじめ「ホトトギス」その他の伝統派の雑誌に投句しましたが、のち、新興俳句に加わって無季俳句を推進し、その旗手となった。昭和十一年、三十歳で急逝。代表作に「しんしんと肺碧《あお》きまで海の旅」。前掲「秋晴」の句は初期の作で、郷里鹿児島の、桜島での情景と思われます。秋晴れの日の、碧い海をくっきりと区切る累々たる熔岩に、いましも渡し舟が着いたという明快な句。俳句の基本的な手法を生かした、簡潔、的確な眼。『篠原鳳作句文集』所収。

白木槿《むくげ》夢より起きて来し子かな　　高橋《たかはし》　馬相《まそう》

「夢より起きて」、つまり、半睡半醒のなお夢ごこちの意。寝惚《ねぼ》け眼をこすりこすり起きてきた幼児の巧みな形容。夢うつつの、そんなあどけなさに白い木槿の花が笑いかけているような初秋の朝。作者は原石鼎《はらせきてい》門の医家俳人。清澄温雅な作風のなかに、たとえば「大寒のせせらぐところ定まりぬ」のような透徹した自然観照の秀品を持つ。句集『秋山越』所収。

虫の音や夜更けてしづむ石の中　　園女《そのめ》

園女は芭蕉の数すくない女流門下のひとりで、医家俳人斯波渭川《しばいせん》の妻。元禄七年九月二十七日芭蕉を自宅に招いたときの「白菊の目に立ててみる塵もなし」の芭蕉の発句に、「紅葉に水をながす朝月」の脇を付けたことは有名。深みゆく秋の更夜、ほそぼそと澄んでひびく虫の音は、あたかも石の中からきこえてくるような感じだ、という。芭蕉の「閑かさや岩にしみ入る蟬の声」を連想させるような、蕉風を体した作。『住吉物語』所収。

一閃《いっせん》の白波を恋ひ草紅葉　　廣瀬《ひろせ》直人《なおと》

ひろびろと海を見はるかす台地は一面の草紅葉。空は真澄みに、海は限りない碧《みどり》。その碧を切って、いましもいきもののように真白な波が走る。大自然の、まこと原初の静けさとそして鮮《あたら》しさ。いつかおのれの眼を忘れて、深秋の草紅葉にこころ寄る。造化に従順し得た詩心の華やぎ。句集『日の道』所収。

稲車また鉄蓋を踏み当てし　　鷹羽《たかは》狩行《しゅぎょう》

鉄蓋《てつがい》は、道路などに、水道栓や下水溝の入口に蓋した鉄板。当然屋並みの中の路か、ひろびろとした道路を想像します。盛りあがるように稲を積みあげた車が、その上に乗るたびにいやな音を発する。また「踏み当てし」という表現にその違和感は増幅され、読者の感覚を刺激する。鄙《ひな》びた眺めを一見して殺風景な現実にひき戻す。句集『平遠』所収。

門柱にかくれゐる子よ秋の暮　　原　コウ子

自分の帰って来たのを見て、すっと門柱のかげに隠れた子。隠れる前にそれと知っているのだが、ワッと威《おど》されたら、いかにも吃驚《びっくり》したように大仰におどろいてやらなければ。それにしても白いズック靴の先が見える。うしろ髪が門柱からのぞいている。その上にほのかな門燈の明り。秋の暮色につつまれたわが家のやすらぎも、このようないとしきもののあるゆえか。『原コウ子全句集』所収。

秋の空どこかなにかを呼びつづけ　　矢島《やじま》　渚男《なぎさお》

作者は信州のひと。この句を見ると、山国ならではの自然相がおのずから感じられるおおらかな作品の気息。自然は去るものを追わず、来るものを拒まず。しかし、じっと仰ぎ見ていると、そこには声なき天の声。「どこかなにかを」は、あの山、あの川、それもこれも含めたふるさとの天地のすべて。淋しさがいつか胸のぬくもりとなっていく秋空のもとのひととき。句集『采薇《さいび》』所収。

朝寒の来し郵便は父にのみ　　中尾白雨

晩秋に近いころ、朝方はひやりとした寒気をおぼえるのが朝寒。こんな日は、なにもかも透明に澄んで冬迫るおもい。そんなとき、郵便受けにかすかな音がした。開けてみると、何れも父宛のものばかり。それが当然のことのように思う一方で、やはりそこはかとない淋しさをおぼえる。というのも作者病中故か。浜松市に生まれ、秋櫻子門に入って清潔至純の句をなしたが、胸部疾患のため二十七歳で病没。『中尾白雨句集』所収。

蛇《だ》笏《こつ》忌やどすんと落ちて峡の柿　　秋元不死男

蛇笏死去は昭和三十七年十月三日。この句は、その四年後、「天竜峡に遊ぶ」（七句）中の一句。峡中の景に見とれているとき、おもいもかけぬ大きな音がして柿が落ちた。たまたまその日が蛇笏の忌日。その落柿の重いひびきに、甲斐峡中に生涯をおわった蛇笏を思い浮かべた、という句意。擬声語・擬態語の駆使にすぐれた才を発揮した作者の秀句中のひとつ。「どすん」には、音の実体と同時に、土俗のひびきがあります。『秋元不死男全句集』所収。

菊日和浄明寺さま話好き　　松本たかし

能の宗家に生まれながら、病弱のため、鎌倉に閑居して生涯を俳人として終わった、たかしの作品には、凜《りん》とした気品と、一方にひと恋しさがあるようです。別に「柿日和浄《じょう》明《みょう》寺《じ》さまてく〳〵と」という句もあるように、浄明寺の坊さんとは親しい間柄だったのでしょう。浮世離れした浄明寺さんの話は実に面白く、ついつい聞きほれてしまう。また、浄明寺さんにしても、俳人たかしは好ましい人であったにちがいないのです。折しもさわやかな菊日和。別れたあと、愉《たの》しさとおかしさにひとり微笑が湧く。『松本たかし句集』所収。

山々のみな丹波なる良夜かな　　大野《おおの》　林火《りんか》

仲秋明月の、いまいるこの地は丹波の国。眼を放てば月下にたたなわる四囲の山々すべてが丹波なのだ、と。とっぷりと旅情にこころをゆだね、放下《ほうげ》して詠い出た表現のリズム。ことに「みな丹波なる」という中七字の弾みにこころのときめきが秘められて同座のおもいに誘われます。句集『方円集』所収。

秋の夜隣へふつと妻消えし　　細田《ほそだ》　壽郎《じゆろう》

襖《ふすま》を開けるかすかな音。そうか、うしろに妻がいたんだな、とはじめて気付く。読書している夫の邪魔にならぬよう、こころ配りする妻の自然な所作には、更けゆく秋夜の静けさの中に、共に過ぎ来し歳月の澄みを。そしていつか年輪を重ねて空気のようになった交情の姿。作者は大阪在住の医家俳人。句集『冬木』所収。

十一月

朝寒や旅の宿たつ人の声　　太祇《たいぎ》

「おっ、寒いな。やあ、すっかりお世話になりました」「有難うございました。またどうぞ。ではお気をつけて」――旅人と宿のひととの別れの挨拶がきこえてくる初冬の朝、毎日繰り返される情景にちがいないが、朝寒という季語によって印象は一段と鮮やか。おおどかな古俳諧の風味を宿す句。炭《たん》太祇は蕪村と親交のあった著名な俳人。温雅な佳句が多い。『太祇句選後篇』所収。

啄木鳥《きつつき》や落葉をいそぐ牧の木々　　水原秋櫻子

赤城山での作。間もなく牧仕舞いになろうとするひろびろとした牧場。牧場を囲むあたりの木々もまた、自ら冬仕度をいそぐように梢の葉をふるう。耳を澄ますと、遠く鮮やかにキツツキの木を打つ音がきこえてきた、という印象鮮明な句。作者初期の代表作のひとつであるばかりでなく、外光的な新しい俳句の新境地を展《ひら》いた句としてひろく知られる作。句集『葛飾』所収。

湯豆腐やいのちのはてのうすあかり　　久保田万太郎

ひとりの夕餉《ゆうげ》。ことことと煮える湯豆腐のかすかな音。たちのぼる湯気がなにがなしうるむおのれの目がしらを包む。わが余生もまたいくばくもあるまいとおもえば、閉じた瞼《まぶた》にかの世のうす明り。最愛のひとを失った晩年の孤愁が、ひしひしと迫る切々の詩情。事実、作者は、この句のあと、年余にして忽然《こつぜん》と世を去った。再誦三誦して胸にしみる名品のひとつ。『久保田万太郎全句集』所収。

あたたかき十一月もすみにけり　　中村草田男

小春日という言葉がありますが、春とはちがって、どこかしんとした初冬の静けさ。澄んだ日ざしが返り花を照らすころ。だが、この安らぎも今日限り。明日からはいよいよ師走《しわす》。かえりみて過ごし易い十一月であったと思う単明といえばこれほど単明な句もすくないでしょうが、この季節になると必ず思い浮かぶ句。説明を超えた作品の風味故か。句集『長子』所収。

山柿のひと葉もとめず雲の中　　飯田　蛇笏

山柿は栽培種よりぐんと小粒。しかし、落葉しつくしたあとの、ほそぼそとした梢にたれ下って、紅熟した姿は見事なもの。ましてうすうすとした山雲につつまれるとき、この世のものとも思われぬルビーのような美しさ。この作者には別に「山柿の五六顆《か》おもき枝の先」という作品もあります。顆は宝石などを数える言葉。共々自然の美と尊厳にこころゆだねた作。句集『雪峡』所収。

汽車長くとまって居りぬ蓮《はす》根《ね》掘《ほり》　田村　木國

時代をすこし溯《さかのぼ》って鑑賞したい。そして本線よりも支線の沿線風景を想像したい。すっかりみどりを失って枯れつくした蓮田。寒風のさ中、泥まみれになって収穫する蓮根掘りは、農事のなかでもひときわきびしい仕事。そんな蓮田の向うにいましも小さな駅に入って汽車が止った。いつまでも動き出さぬ。蓮根掘りのひとも、泥蓮を手にして、何気なく駅に目をやる。向うの車窓のひとも、こちらを見ているだろうか。句集『山行』所収。

木枯や刈田の畔の鉄気水　惟《い》然《ぜん》

鉄気水《かなけみず》は、地中の鉄分のため鉄錆《さび》色に変色した水。いまはもう田へひくこともなくなった畔に、とろりと澱《よど》んで、水面には油紋のような模様。それが吹き過ぎる木枯に、とき折揺れるばかり。廣瀬惟然は、芭蕉の晩年に入門し、その身辺に侍して薪水の労をとったといいます。性行に飄逸《ひょういつ》な面もあったようですが、生来篤実な人柄で、作品は自然・人事共に単明素朴にして軽妙。『続猿蓑』所収。

冬川やのぼり初《そ》めたる夕芥《あくた》　杉田久女

大正期、虚子に師事して女流俳人のひとりとしていち早く頭角をあらわし、戦後、間もないころ不遇のなかに波瀾《はらん》の生涯を終え、松本清張の初期の小説のモデルに、あるいは秋元松代によって劇化されたひとですが、本質は抒情《じょじょう》豊かな、清澄な詩心に培われた俳人。ことに自然詠に、平明で秀れた作品が数多くありますが、鮮明な景のなかに、ほのかな光の明暗が秘められているところに特色があるようです。この作品もそのひとつ。『杉田久女句集』所収。

初時雨真昼の道をぬらしけり　大《たい》魯《ろ》

ほぼ蕪村などと同時代のひとで、もと徳島藩士でしたが、致仕して上洛。安永七年（一七七八）五十歳で没。晩年は不遇であったといわれますが、総じて作品は単明明快。わけてもこの句は、冬めくころの大路をとらえて鋭い感性を示す作品。今日の作品として鑑賞しても、なんの違和感もない不易の秀品といえましょう。周囲の情景を省略して、眼前ひと条《すじ》の道に目をそそぐ。さっと降り過ぎて、いつか地のいろを変えた初冬の雨。ことに「真昼」の一語に、平凡を超えた詩心の確かさがあります。『蘆陰句選』所収。

十二月

古池を月照らしをり年の市　　五所平之助

古池というと、誰もが即座に芭蕉のあの句を思い浮かべるでしょう。が、そんなことに一向とんちゃくなく、いや、それを十分承知の上で、歳末の実景をとらえて、言葉にあたらしい生命を与えたところが実に見事です。自分の感性に忠実に、そして信じ切った確かさ故でしょう。作者は、昭和五十六年五月に物故した著名な映画監督。俳句は大正期から親しみ、人肌のぬくみを持つよろしさ。この句は晩年の作。句集『わが旅路』所収。

實《さね》朝《とも》の歌ちらと見ゆ日記買ふ　　山口青邨

当用日記には、ページをひらくと、肩のあたりなどに、季節季節の詩や歌や俳句が添えられているもの。たまたまそれが実朝の作であったという。茂吉でも虚子でも、あるいは蕪村でも春夫でもいいわけですが、源実朝というと、なにかロマンのにおい。ロマンと悲愁と。そしてうたの雄心をも含めて、あらたな年を迎える年末のおもいに通うものがあります。「ちらと見ゆ」が素早く確かな把握。作者初期の句集『雑草園』所収。

とつぷりと後ろ暮れゐし焚火かな　松本たかし

ちらちらと動き、ときに、めらめらと焔《ほ》立つ焚火《たきび》。温みが全身をつつむと、なにか世を離れたような気持に誘われる。気がついてみると、いつか短日の闇が迫って、うしろは文目《あやめ》もわかず。焰が揺れ、焚火のはぜる音がほのかな孤愁にひびく、と。表現手法、そして内容も至極わかり易い親しみぶかい作品。『松本たかし句集』所収。

冬山に向ひて居れば友来る　下村《しもむら》槐太《かいた》

こころ待ちする気持で、見るともなく見ている静かな冬の山。ふと「山眠る」という季語が浮かぶ。「向ひて居れば」に、長いような短いような、そんな空《くう》にした時の流れ。やがて待ち望んだ友の姿を彼方《かなた》に見かけて、ふっと我にかえった、という句意。槐太は大阪の俳人で虚子門を離れた岡本松浜に学ぶ。昭和四十一年、五十六歳で病没。代表作「死にたれば人来て大根煮きはじむ」のように冷徹有情の鮮烈な句をなしたが、もともとは豊かな抒情詩人で、この句は昭和二十二年作。句集『天涯』所収。

二時の日の低きをおそれ風邪籠　皆吉《みなよし》爽雨《そうう》

病む身にとって、日短な冬はもの憂《う》いもの。たといかりそめの風邪と思ってみても、午後の一時が過ぎ、時計が二時を打つとまこと無聊《ぶりょう》のおもい。日ははやくも軒の庇《ひさし》にかかって、弱々しいひかりを部屋に投げかけている。そのひかりも、間もなくつめたいたそがれに包まれるにちがいないと思うと、なにがなし不安に包まれる。風邪は冬の季語、と注釈をつけるまでもない的確無比の情感。句集『三露』所収。

なき母を知る人来り十二月　　長谷川かな女

まこと簡潔な表現ですが、二読三読していると、亡くなられた作者のお母さんと、そして故人を懐かしんで思いがけず訪ねて来てくれたひとの姿が想像されて、こころなごむ感じがしてきます。ことに、「十二月」という季語がピッタリと座って内容を一段と鮮やかにする。このような作品は、文字通り普段着の詩情。それを支えているものは作者の飾らぬ人柄と思われるのです。作者は昭和四十四年、八十二歳で没。女流俳人の先駆者のひとり。句集『雨月』所収。

臘八の大甕水を湛へけり　　丸山《まるやま》　哲郎《てつろう》

臘八《ろうはち》は臘八会の略。別に成道会《じょうどうえ》ともいいますが、釈尊《しゃくそん》が苦難をこえて、豁然《かつぜん》と悟りを得た十二月八日を縁《えにし》として修する法会。禅家にとっては格別大事な日ですが、その日庫裡《くり》の大甕《おおがめ》には真清水が満々と湛《たた》えられていた、という写実的な句。写実のなかに、表現の調べにのって厳粛荘厳な気配が漂って感じられるところにこの作品の位《くらい》がありましょう。禅寺の早暁、すでに彼方《かなた》から朗々の読経《どきょう》のひびき。句集『萬境』所収。

冬の灯の明るき下に寝し児かな　高橋淡路女

年ごろを忖度《そんたく》するなら、五歳か六歳ぐらいの子供でしょうか。蒲団に寝そべって、さっきまで、近所の友だちのことなどあれこれ語りかけていたのが、急に静かになった。ふり返ってみると、もう夢まくら。そのあどけない顔に明るい冬の灯照り。灯を細めるのも忘れて、思わず見入ってしまう。「明るき下に」というさり気ない描写のなかに、冬の夜の静けさと、まぶしいような母の愛情がにじみ出ています。作者は、大正初期虚子に俳句を学び、のち蛇笏門で活躍した女流俳人嚆矢《こうし》のひとり。一児を抱えて若くして寡婦《かふ》となり、昭和三十年、六十五歳で病没。句集『梶の葉』所収。

冬の日の我が影を置く都かな　佐藤惣之助《さとうそうのすけ》

ミヤコという言葉には、どこか慕わしく華やかな憧れのひびきが秘められているようです。あわあわとした冬日の中の、わが身もその影も、いま、まさしくこの国の都のただ中にあるのだと思うと、これからのながい人生の行方は知らず、なにやら胸弾《はず》むおもいがすることよ、と。作者は年少にして佐藤紅緑から俳句を学び、大正・昭和にかけて大衆詩人として活躍。昭和十七年、五十一歳で没す。『蛍蠅盧句集《そうのすけ》』所収。

絵襖の前に眠れり十二月　飯島《いいじま》晴子《はるこ》

十二月は、古称では師走《しわす》ですが、師走と十二月では、言葉のひびきから受ける印象に微妙な差があるようです。文字の眺めとしても、師走はなんとなく気ぜわしい感じですが、十二月となると、これでどうやら今年も最後の月に入ったな、という安堵《あんど》の気分が含まれてきます。この作品もそこが眼目。しかも絵襖《えぶすま》という華麗な背景から、やや広やかな、そして閑静な部屋を想像し、かりそめの眠りを誘う。ときに、寺院のなかの一室などを念頭に浮かべる読者があるかもしれません。作者は横浜在住の現代女流俳人。句集『春の蔵』所収。

牡蠣舟や芝居はねたる橋の音　　島《しま》村《むら》元《はじめ》

作者、島村元（一八九三〜一九二三）は、外交官であった父の任地で生まれ、帰国後、慶応大学在学中発病中退。虚子門に入り、清新繊細な句風で嘱望されましたが、三十歳で病没。この作品は、その在所大阪での所見と思われます。牡蠣《かき》舟といい、芝居といい、大正期のてんめんとした浪花《なにわ》情緒が巧みにとらえられています。『島村元句集』所収。

第三章　添削と助言

この章は「俳句入門」の毎月の投稿句選後評から抜粋しました。

蜜柑を密柑と書いた出句が数多くありました。蜂蜜の蜜と秘密の密。蜜柑は甘い果物ですから当然蜜の方。

その他、俳句でよく見かける誤字としては、籐椅子が藤となっているもの。竹藪の藪が籔となっているもの。あるいはみんなで一緒にの緒が諸であるもの。それから「灯火親しむ」が「灯下」と書かれているものもよく見かけます。

*

ただし、文章によく出てくる「四六時中」などという言葉は、本来は「二六時中」。一時《いっとき》が二時間であったむかしは、一日が二六時であったためです。しかし、いまは新聞雑誌など、おおかた四六時中となっているようです。四六の二十四時間が一般的であるため。これなど二六時中と書くと、なにやら学を衒《てら》ったように思われないこともありません。厄介なことですが、言葉も時の流れによってかわるものですから致し方ないでしょう。

季題のなかにも、例えばキリギリスなど、いまは一般に真夏に鳴くギス、ギッチョを指しますが、古くはコオロギのこと。したがって「鳴くや霜夜に」という古歌も、コオロギでないと意味をなさない。

そういう私も、ときどきたいへんな間違いやら失敗やらを犯しているのですから、あまり知った風のことを申せませんが、俳句は短い詩型だけに一字一字が大切。お互いに注意したいと思います。

＊

兼題「湯豆腐」では、上五中七に、「湯豆腐の湯気の向うに」という表現の作品がたくさんありました。下五は、夫の顔、妻の顔、あるいは父や友とさまざまでしたが、上五中七は同じ。総計すると、何十句かになったようです。

ただこのなかで、一句、

湯豆腐や湯気の向うに次女おらず（原句）

という作品が目をひきました。「次女おらず」とは、一体、どんな場合だろう。旅中か、はたまたお嫁に行ってしまったのか、ないしは不幸の場合も考えられないことはない。その吉凶については、この作品はなにも語っておりません。

けれども、私はこの作品の次女という言葉に作者の直情をひしひしとおぼえました。原因がなんであるかは知る由もないとはいえ、作者にとっては他の言葉にかえがたい事実。

例えばこの作品を、

湯豆腐や湯気の向うに子はおらず

と比較してみるといいでしょう。子となると、そう、たしかにそのような場合もあるな、と共感する一般的な内容になりますが、特に「次女」と指定されると、そこに作者だけの世界が限定されて、なにかこころにつき刺すものがあります。数多くの類型、類想をこえたこの作品の迫力は、そのようなところから生まれたのではないでしょうか。これも俳句の秘密のひとつといえましょう。

＊

暮れから正月へ、わけても大晦日の夜、除夜の鐘が鳴り終った途端《とたん》、年改まる感じは、何十遍くりかえしても、複雑な感慨を抱かせるものです。俳句の季語の「去年今年《こぞことし》」はそれを指します。

言葉の語源は、『古今集』の「ふる年に春立ちにける日詠める」と前書した、

年の内に春は来にけりひととせを去年とやいはむ今年とやいはむ　在原《ありわらの》　元方《もとかた》

からとったもの。しかし、この季語が多くの俳人に身近なものとして感じられるようになったのは、

去年今年貫く棒の如きもの　高浜《たかはま》　虚子《きよし》

にあることはいうまでもありません。あるいはまた、「万緑」という季語。出典は、王安石という中国の詩人の「万緑叢中紅一点」から出たもので、従来は紅一点という言葉だけが一般に知られていましたが、季語として定着せしめたのは、

万緑の中や吾子の歯生え初むる　中村草田男《なかむらくさたお》

によるものであることは周知の通り。

また、「鳶《とび》の笛」などという言葉は、川端茅舎の造語ですが、いまはすっかり一般化して、

俳句にはしばしば用いられます。

あるいはまた、もとは一地方の方言であったものが、俳句の季語として採用されたため、一般に知られるようになった言葉。「南風《はえ》」とか、「やませ」（東北地方の夏の冷たい北東の風）などの風の名前や、「麦秋」とか「竹の春」といった季節の風物をとらえた言葉等々。こうした特殊な言葉が、秀れた作品によって周知され、一般化したとき、私は改めて俳句のよろしさを感じます。

＊

兼題「年の市・冬至・山茶花」では、出句の比率が、一、二、三という割合で、「山茶花」を詠んだ句が一番多くありました。

「年の市」は、少々むつかしい題だったかもしれませんが、しかし、面白い句もすくなくありません。たとえばこんな句、

隣り町橋一つあり年の市（原句）

ただこの句の表現では、年の市に出かけた隣の町に、橋がひとつあった、という内容になります。それはそれで一応よろしいかもしれませんが、なにか物足りない感じがあります。あるいは、すこし不自然な印象もうけます。

内容を勝手にかえては失礼ですが、これを、

隣り町まで橋一つ年の市

とすると、情景は別になりますが、年の市らしい風景になりませんか。
さらに句の姿をととのえるとすると、

年の市隣り町まで橋一つ

こうすると、橋に作品の焦点がさだまって、一層印象鮮明になるように思われます。

*

冬の海塾の子何もかも忘れ（原句）

という印象的な作品がありました。塾には、門のわきの小さな堂という意味がありますが、そこから転じて、子弟を教育する私設の小さな学習舎。ことに進学のための塾は、いまや大流行。小・中・高校はもとより、幼稚園のためのものまであるときますが、この句の場合は、多分、小学校の生徒あたり。

ところでこの海ですが、かりに「春の海」となると、いかにも明るく愉《たの》しげに見えます。夏なら一段と開放的。しかし、「冬の海」となると、作品に一条の翳《かげ》がさす。多くの出句に見られるように、冬の海は荒々しく、寒ざむとして、暗い印象を持つのが一般。

にもかかわらず子供達は、いま嬉々《きき》として大自然をたのしんでいる、という句意ですから、日頃塾に学ぶ幼いもの達への、作者のおもいが鋭く感じられることになりましょう。「何もかも忘れ」という表現から、春や夏には見出せない作品の深みが生まれてくるためです。

その意味でこの作品は、時代相に対する批判の眼を持った俳句、ということも出来ますが、短い詩型でそうした内容が成功する場合の、季題・季語の効果というものを適切に教えられる作品のひとつ、といえましょう。

＊

「落葉・冬服・鮭」の三つのうち、出句は「落葉」が最も多く、他の約三倍の量。田舎も都会も、いちばん季節を感じさせる素材ゆえでしょう。ことに季節感のすくなくなった都会生活の場合、格別印象的に見えるようです。朝方、舗道に散り敷く落葉はもとより、ひえびえした夕風に街路樹が舞い散るとき、今年も間もなく年の暮か、と思います。

街路樹の夜も落葉をいそぐなり　　高野素十

乾いた音をたてて舞う夜の落葉に、灯明りは、にわかに鋭さを増していくように思われます。あるいはまた、

待人の足音遠き落葉かな　　蕪村

となると、昔も今も変わらない逢瀬《おうせ》のときめき。すると俳句は、うつり変わるものより、むかしも今も変わることのないものへの愛着が根ぶかくある文芸様式かもしれません。

＊

「初鏡」という題は、思ったより厄介だったようです。なかでも多かったのは、初鏡に母をおもうという内容の作品。

例えば、

母に似し顔しみじみと初鏡

初鏡だんだん母に似てきたる

初鏡帯をしめつつ母思ふ

齢《よわい》きて母の顔なる初鏡

いつしかに母に似て来し初鏡

亡母に似て来しと思ひぬ初鏡

年ごとに母に似通ふ初鏡

その他、同様のものが十数句ありました。誰もが同じような感じ方をするものだな、と思いましたが、しかもほんの僅かずつ表現のちがいがあり、一句として全く同じものはありませんでした。

ところで皆さんは、このなかのどの句を採りますか。私は、第二句目が一番いいと思いました。

初鏡だんだん母に似てきたる

内容は他の句と同じですが、「だんだん母に似てきたる」という表現に、作者の声にならないつぶやきが、じかにきこえてくるような感じがするためです。「いつしか」とか、あるいは「年ごとに」という言葉より、説明を省いた直接的なひびきがあります。平易な言葉でズバリと言い切る。これも俳句の大事な骨法のひとつ、といえましょう。

＊

一般に正月の句はむずかしい、といわれます。季題そのものがめでたずくめですから、とかく作品が浮き上がってしまいがちになるためかもしれません。

「初夢」も少々厄介なテーマだったかもしれませんが、例えばこんな先人の句があります。

初夢の扇ひろげしところまで　後藤《ごとう》夜半《やはん》

写生を一途に信奉した人らしい鮮明な句ですが、初夢の句も、俳句の手法を存分に生かした作品といえましょう。

めでたい舞いを舞っているあでやかな情景を夢みているとき、これからがまさにクライマックスというべきところで、ふっと夢が途切れてしまった、というのですが、「扇ひろげしところまで」が実に巧みな把握。その開きかけた扇がまざまざと見えるために、読者の側も思わず「残念」といいたくなるような句です。

むろんこのような巧みな句が誰にも容易に生まれるはずはありませんが、厄介な題に出会った場合は、先人の秀れた作品を玩味してみるのも句作の緒口をつかむひとつの手だて。真似するというのではなく、発想の泉をみちびき出すために。

＊

「牡蠣《かき》・山眠る・年惜しむ」の三つの題のなかでは、「山眠る」が最も出句が多く、他のふたつを合わせたほど多かったようです。出典は中国宋代のころの画家が四季の山を形容し、「春山淡冶《たんや》にして笑ふがごとし」と対句をなし、「冬山惨淡《さんたん》として眠るがごとし」からとった季語といわれます。気に入った言葉なら内外を問わず、遠慮なく借用する、というところが、いかにも俳諧らしいともいえますが、ただ出句中、相当数、夜の山を詠った作品を見かけました。ことに満月とか月明といった場合をとらえた作品が目につきましたが、この季語は、落葉しつくした昼の山の、眠ったようなおだやかな情景。その点、出典の「惨淡」を除いて、俳諧専用の略と見るべきでしょう。

逆に「山笑ふ」は、いつか春めいて、山々の梢は潤みを帯び、ぽっかり浮かんだ白雲の下、なにか微笑をたたえているように見えるという、そんな印象を季語に転用したもの。

因みに原典では、「夏山は蒼翠《そうすい》にして滴るごとし。秋山は明浄にして粧《よそお》ふがごとし」。四季を比較してみると、やはり、冬山と春山の形容が一段と秀抜。季語としての選択に適っているように思われます。

＊

「受験・目刺《めざし》・寒明け」の三つの兼題に対する出句は、ほぼ同数かと思われましたが、似通った作品がいちばん多かったのは「受験」でした。意外に手強《てごわ》い題だったようです。

対象があまりに切実なため、俳句に必要な客観的なとらえ方がむずかしかったのかもしれません。親として、子をおもい、あるいは祖父母として可愛い孫の身をおもえば、誰しも考えることはひとつにちがいありませんが、このようなときこそひとの作品が参考になるもの。

また、目刺の作品では、

木がらしや目刺にのこる海の色　　芥川龍之介

と似た作品、特に中七下五の「目刺にのこる海の色」と同巧の表現が何句か目につきました。龍之介の有名な句ですが、しかし、そうと知らないで用いたひともたくさんおられたと思います。ただし、龍之介のこの作品は、季別を定めるとすると、初冬の季語である「木がらし（または凩）」とすべき作品でしょう。その意味ではいわゆる季重りの句ですが、感覚的にはさすがに鋭い内容を持った作品です。あるいはこんな現代俳句もあります。

風花のかかりて青き目刺買ふ　　石原　舟月

これまた「風花」は冬の季題ですから、季重りになりますが、情景はまことに鮮やかな句。しかもこの作品の中心は目刺にありますから、早春冴《さ》えかえる日の印象と解したい。一般に俳句は、一句一季語をあくまで原則とすべきですが、例外としてこのように成功する場合もあります。

＊

「椿・雪解・節分」の三つの題のなかでは「節分」がいちばん厄介だったようです。

節分の翌日は立春。八十八夜も二百十日の厄日も、すべてこの立春を起点としたものですから、農耕民族であった日本人にとっては、随分大事な日であったわけですが、ことに都会のひとにとっては、いまは縁遠い感じのものになってしまったようです。節分会は、昨今各地の社寺の、いわば観光行事のひとつといった印象を受けます。それはそれで時の流れ。是非をいってみてもはじまらないことですが、

鬼やらひ二三こゑして子に任す　石田　波郷

などという句を見ると、そんな昔と今の接点を言い止めたような感じを受けます。

なお節分には、「豆撒き、鬼の豆、年の豆、年男」あるいは「なやらい、鬼やらい、追儺《ついな》」などと、歳時記にはたくさん傍題が記されています。こうした傍題を自由に駆使することも、表現の自在を得るひとつの手だてではないかと思います。

「藪椿」の藪という字に、籔と書いたひとがたくさんありました。竹冠《かんむり》のほうがいかにもそれらしく見えますが、この字はスと読み、枡目（十六斗）のこと。

＊

「紅梅」にウメとルビを付けた作品が何句かありました。俳句にルビを必要とする場合、たとえば非常に読み難い地名とか、あるいは動植物などにはルビをつけることがありますが、紅梅にウメとルビするのは行き過ぎです。紅梅は紅梅で他に読みようはありません。

似たような用い方として、しばしば亡父・亡母と書いてチチ・ハハとルビするのを見かけますが、これもあまり感心したことではありません。

明治の終りから大正にかけての一時期、歌人や俳人で無闇《むやみ》にルビを乱用したことがありまし

た。例えば「呉服店《みせ》」とか「漁船《ふね》」とか「少女《こ》」といった類。こうなると、耳できいた内容と、目で見た作品では、全く別々のものになってしまいます。やはり俳句や短歌は、目で見、耳で聞いた印象が一致するような表現が望ましいのです。韻文とはそういうものです。

＊

すみれ摘む見上ぐる空の白い雲（原句）

出句のなかの作品ですが、いかにも春野のおだやかな景。ただし、「空の白い雲」が冗長というか丁寧すぎて、作品の魅力を薄めてしまった感じです。例えば、

すみれ摘みつつ見上ぐれば空に雲

と、「白」の一字を除いたほうがかえって春の空が見え、なに気ない動作が生きてきましょう。

あるいはまた、

雛祭灯りに昔のあるごとく（原句）

の場合は、

わが知らぬ世を見給ひし雛のあり　　水原秋櫻子

と比較してみたい。前句の「昔」が「あるごとく」と比喩の弱さを持つのに反して、後句は、昔そのものを見定めて来た古雛の姿を正確にとらえて、作者のおもいを述べています。

朧《おぼろ》月《づき》岬に迫る船灯（原句）

は、実景に忠実な作品だろうと思いますが、「迫る」が言葉として強すぎるようです。こんな強い表現にすると、朧月が消えてしまいましょう。むしろ、迫る前の景として、

朧　月　岬　に　遠　き　船　灯

船の灯が見え、同時に朧月が見えて、はじめて春の夜のおだやかな海の姿が眼前してくるのではないでしょうか。

＊

「ツバメ」は、一般には夏に多く見かけるものですが、これを春季と定めたのは、それを迎える新鮮なよろこびを主としたためでしょう。同じことは「蛙」などにもいえます。山地に多く見かける「イワツバメ」も同前ですが、むかし東海道の特別列車つばめ号のシンボルマークとなった、あの円月形の翼を持つ「アマツバメ」は夏季。蛙は春でも、大型の「蟇《がま》」は夏季に入るようなものでしょう。

兼題三つのなかでは、「ブランコ」の出句が一番多かったようです。いまもむかしも変わらぬ遊具。あれに乗ると、途端に幼いころが湧然と蘇ってくる感じがします。乗らなくとも、幼い子供たちがブランコ遊びしているのを眺めただけで、懐かしさがこみあげてくるもの。それだけに、作品としては類想類型に陥り易いところはありますが、こんなときこそ、ひとの作品が参考になるものです。

「行く春」は、ごく初心の人には、少々厄介な題だったようですが、同じような季節感を持つ

言葉でも、例えば「暮春」と「行く春」とを比較しますと、「暮春」は多く視覚的、「行く春」は情緒的の要素の濃い言葉といえます。あるいは「暮春」と「春惜しむ」という季語の間にある言葉が「行く春」ということになりましょうか。同じ季節でも、見たり感じたりする角度によってちがった季題・季語が生まれます。そのちがいを知ることも俳句の勉強のひとつ。

＊

こんな句がありました。

囀りを聞きて春眠醒めやらず（原句）

「囀《さえず》り」は春の季題。そして「春眠」も同季ですから、この場合は、どちらかを言い改めた方がよろしい。「囀り」を主とするなら、

囀りを聞きつ眠りの醒めやらず

ということになりましょうか。一応これでもよろしいでしょうが、いま手元の歳時記を見ると、

囀りに起き出でし顔まだ眠し　岡部狗尾草

こんな例句が出ています。原句に近い内容ですが、ふらふらと起きて、まだ顔だけは眠りから覚め切っていないような感じだ、というところが面白い。五感のうち、「囀り」をとらえた耳だけが覚めているというのも、いかにも春眠のころの印象を言い止めています。

また別の観点からいいますと、「春眠」という言葉のなかには、「春眠暁をおぼえず」というよく知られた成語があるように、すでに醒めやらぬ気分が含まれているわけですから、重ねて

の説明は必要がないことになります。したがって、

春眠のわが身をくぐる浪の音　山口《やまぐち》誓子《せいし》

というふうに、半眠半醒の感じを浪の音で象徴し、かつまた、句の生まれた背景も示すと、そこに作品の味わいが一段と深まることになります。

こうした季題・季語のことは、歳時記を見ることによって知ることができますから、やはり俳人にとっては大事な座右の書。ことに初心のころは、基礎知識として欠かせぬもの、ということがいえます。

＊

「新樹」という兼題に対して、

新樹仰ぐ透き通る葉に五月の空
新樹仰ぐ透き通る葉に五月の風
新樹仰ぐ透き通る葉に五月の雲

と、別々に三通り書いて出句されたひとがありました。三句それぞれ上五中七は同じで、ちがうところは最後の空、風、雲の一字だけ。空にしたものか、風にした方がいいか、いや、雲の方が印象鮮明だろうか、と随分迷った末に、思い余って三通り出句されたのでしょう。

なるほど空も風も雲も、それぞれの味わい。決めかねた気持もわかりますが、ただこの作品の場合、「新樹」と「五月」は同一の季節。いわゆる無用の季重りになります。更に、「新樹」

は、ことに仰ぎ見た場合は、若々しい葉が透きとおって見えるのが一般。とすると、雲にするか風にするか、はたまた空と言い止めるべきか、その点を考える前に省略していいところがあることになります。

「新樹」ではありませんが、例えば、

葉桜の中の無数の空さわぐ　篠《しの》原《はら》梵《ぼん》

という句があります。仰ぐとも、透きとおるとも言っておりませんが、内容は更に鮮明。これが俳句の手法といえます。

*

楢若葉二つの巣箱傾けり（原句）

という作品がありました。楢《なら》は、どこでも見かける雑木ですが、巣箱とありますから、遊園地か、あるいは山の遊歩道のようなところでしょうか。それが傾いているというのは、もう大分古びて、新しく巣作りをした様子もない。さかんな若葉と対照的に、なにか淋しい感じがした、という句意ではないかと思われます。

とらえた内容は悪くないのですが、問題は「二つ」という言葉。多分事実にちがいない。事実にはちがいないでしょうが、二つという明確な数が内容を煩わしくしていませんか。これでは折角の「楢若葉」が見えてきません。例えば、

楢若葉巣箱一つは傾けり

とすると、あたりの印象がより鮮明になりませんか。

いや、二つとも傾いていたんだ。それが事実だからあくまで事実を尊重したい、というなら、

楢若葉巣箱傾きゐたりけり

ならどうでしょう。これなら嘘いつわりない事実。

俳句で、事実を尊重することはたしかに大事ですが、事実の選択は、もっと大切なことです。表現の根本義もまたそこにあるのではないでしょうか。

*

山吹や葉に花に葉に花に葉に　太祇

という古俳句があります。炭太祇《たんたいぎ》は、江戸の生まれのひとですが、上洛して京に住み、ひとたび僧籍に入りましたが、突然僧籍を去って島原の遊里に住み、あるいは江戸に下ったりして、多彩な生活を送ったようです。晩年は蕪村などとも親しく交わり、生来の詩質と相俟《ま》って、幾多の秀作を遺しています。

作品全般としては、温雅な自然詠と人事句に繊細な感覚を示したものに特色があるようですが、なかで前掲の一句は、いわば後年の写生俳句の原型のような作品といえます。花の姿・形

を目で追い、それを表現にズバリと言い止めたような句です。ある意味では、表現のリズムに乗った間合いを生かし、短詩型としての特色を存分に発揮した作品といえましょう。

異色の作品ですが、古俳句にもこんな斬新な俳句があったということも愉《たの》しいことです。

＊

「薄暑して」という用例がいくつか目につきました。意味はわかりますが、表現としては少々無理な感じです。

あるいはまた、

薄暑訪《と》ふ空家の窓のいや固く（原句）

という句。内容はなかなかいい、感覚的にもすぐれた句と思いますが、「薄暑訪ふ」はこれまた無理な表現。しかし、「薄暑に訪ふ」でもどこか説明的。とすると、

空家の窓いや固き薄暑かな

といった表現が考えられますが、いかがでしょう。ついで、

薄暑来て奈良の仏を仰ぎけり（原句）

という作。この場合はどうも「薄暑」がとってつけたような、あるいは他の季節でもよろしいような、そんな不安定感をおぼえます。

それならむしろ「薄暑」にこだわらず、別の季語を考えた方がいいでしょう。どうしても薄暑を用いたいというなら、例えば、

古都奈良の仏を仰ぐ薄暑光

こんな表現もあります。この場合は下句を「薄暑かな」とするともっと落着きがあるように見えますが、落着きという点ではむしろ「暮春かな」としたい。つまり、「薄暑光」は実景を鮮明に示す効果があると思います。

＊

「短夜・百合の花・麦刈り」の三題のなかで、「麦刈り」が少々厄介な出題だったようです。というのは、農村では、昨今麦作が極度にすくなくなり、いわゆる「麦の秋」という風景を目にする機会がすくなくなったためでしょう。ただし、北海道あたりではいまなお広大な麦秋風景が見られます。これはしかし、昔風な鎌で刈り取るのではなく、コンバインによるもの。そんな情景をとらえた作品もいくつかありました。

ところで、

麦刈りや日のふりそそぐこうばしく（原句）

という出句のなかのひとつ。これで一応はよろしいようですが、仔細に見ると、どこかスッキリしない感じがあります。

そのひとつは「こうばしく」という言葉。「かぐはしく」の音便で、漢字を当てると、香ばしく、または芳ばしく、となりますが、同じ意味合いでも、この場合は「かんばしく」と表記した方が初夏の太陽の形容にはふさわしいでしょう。

更に、叙述の点で、

麦刈るや日のかんばしくふりそそぎ

と、上句を「麦刈るや」に、そして「ふりそそぎ」を下句に据えたい。その方が臨場感が生まれるように思われます。麦刈りはきびしくつらい労働ですが、それにもめげず刈り進む潑剌《はつらつ》とした、健康な内容になりましょう。

しかし、この作品の場合は、必ずしも鎌で刈る情景と限ることはなく、機械化された近代的風景とも見られます。存外その方が内容にふさわしいかもしれません。

＊

北端の茶畠に入る老婆かな（原句）

出句中にあった作品ですが、一見面白い句だな、と思いました。

ただし、この表現では「茶摘み」の場合と見るのは少々無理なように思われます。ことに「北端」という方向指示から、なんとなく冬を想像したくなります。もとより「茶畑」は常緑。満目冬枯れのなかで、茶畑だけ鮮やかなみどり。その北の端の方の畑にお婆さんがひとり入っていった、という内容。なんで入ったかはわかりませんが、「老婆かな」とあるため、その姿が一層鮮明に見えてくる感じです。

「茶畑」を「茶摘み」の傍題にしている歳時記もありますから、いちがいに無季とはいえませんが、例えば、の場合は、「入日しづもる」というところに、夕永い暮春の感じがあって、一句に確かな季感を与えているように思われます。不安定な季語の場合は、このような点に留意して用いるべきでしょう。

あてかいな、あて宇治の生れどす

茶畠に入日しづもる在所かな　　芥川龍之介

＊

「蟻」という兼題に対して、「蟻地獄」の句を提出されたひとがたくさんありました。数十句あったようですが、蟻と蟻地獄は全く別の動物ですから、採用を控えました。

また、「羽蟻」の句も何句か見かけました。羽蟻も蟻の一種にはちがいありませんが、歳時記では、それぞれ独立した季題とされていますから、これも割愛することにしました。

なお、多用された言葉のひとつに、蟻が右往左往するという形容。出句中にこの言葉が随分たくさんありました。右往左往という言葉の中身を、別のとらえ方をしたとき、類想をこえた作品のあたらしさが生まれるわけです。

また、次のような作品がありました。

はるかなり鎮守の森の大き蟻（原句）

作者の自註によると、この「はるかなり」は幼時のおもい出ということですが、この表現では、そのように感じとるのは少々無理のように思われます。強《し》いて「はるかなり」を生かすと

すれば、

はるかなり鎮守の森に見し蟻も

という表現が考えられますが、これとても蟻より他の動物を思い浮かべた方がよろしいように思われます。こういう点が作品の推敲といえます。例えば芭蕉の、

うきわれをさびしがらせよ秋の寺　　芭蕉

が、下句を「かんこどり」と改めたように。

＊

緑陰に惜しき牛舎の臭いかな（原句）

多分、田舎の風景でしょう。炎暑の道を来て、ほっとひと息つくみどりの木陰。ところが近くに牛舎があり、芳しくないにおいが漂って来た。まことに残念、という内容。

「惜しき牛舎の臭い」――たしかにその通りでしょう。その意味では正直な句ですが、しかし、少々正直すぎませんか。「言いおおせてなにかある」という芭蕉の言葉通り、これでは作品になんの風味もないことになります。いわゆる余情に乏しい。事実は事実として述べることが大事ですが、あまり主観を強調すると、かえって事実が痩《や》せてみえるもの。この作品の場合も、緑陰のほとりに牛舎があった、といえば、それで十分。

たとえば、

緑陰や間近く牛舎あることも

惜しいとか、臭いがどうとかまでいってしまっては、単なる説明に過ぎないことになります。と同時に、「緑陰」そのものの印象もつけ足しの感じになってしまいましょう。俳句は、おいしいですよ、といわないでおいしく見える料理のようなもの。

＊

蜆《しじみ》買ふ同じ町にて同じ道（原句）

いつか住み古《ふ》りたこの町。そして同じこの道。買った蜆を抱えながら、ふと過ぎ来しことどもを思うという内容でしょうか。もっとも作者は、四十歳ぐらいの人ですから、住み古りた、というほどの深いおもい入れではないかもしれませんが、とにかくこの句のよろしさは、「蜆」という親しみ深い季節の風味と、家並も路も懐かしく親しみぶかい姿で読者に印象づけられるところでしょう。

ことに、「同じ町」、「同じ道」が作者の気持を一層鮮明にして巧みなところ。ただ、「同じ町にて」の「にて」がなんとなく説明的で気になります。ここはやはり「にて」はとりたい。しかし、「蜆買ふ同じ町同じ道」では字足らず。それなら内容をそこなわず、そして舌ざわりにならない言葉を入れたらいいでしょう。例えば、

蜆買ふこの同じ町同じ道

＊

さへずりや檐《のき》の液肥の澄む日かな（原句）

液肥というのは、油粕などを桶や甕《かめ》に入れて水を加え、何日か置いて発酵させ、野菜や植木の肥料にするもの。それが澄んできたというのは、もう使えるころになったのでしょう。折から春の小鳥のさえずりがきかれた、という句意。

この作品の場合は、まず「や」「かな」のふたつの切れ字が気になります。切れ字をふたつ用いて成功した場合もないことはないのですが、一般には印象が散漫になって好ましくないもの。この句も、

さへずりに檐の液肥の澄む日かな

とした方がすっきりしましょう。

＊

いつ見ても立山飽かず蜆舟（原句）

作者の住む氷見市は富山県の北、能登半島の富山湾沿いにある町ですから、富山平野を隔てて東の空にくっきりと立山連峰が眺められましょう。ことに三、四月ごろは、白雪をいただいた山姿が見事にちがいありません。その限りでは正直な表現といえます。

ただ、「いつ見ても」では折角の内容に風味が乏しく、句の品位を欠くように思われます。かつまた、「立山飽かず蜆舟」でほぼ内容は言い切っているわけですから、それならいっそ、

氷見に住み立山飽かず蜆舟

と、真正直に表現するのもひとつの方法。あるいはこんな風景もいかが。

海遠き立山飽かず蜆舟

富山湾の春の波間はるかに望む立山の姿という内容。

＊

湖《うみ》の景昨日にかわる新樹あり（原句）

短い詩型の俳句には、散文とちがって、表現の省略があります。また、短い故に省略しても不自然でなく内容が理解できるものです。この句の場合、「湖の景」の「景」を除いても同じ内容になるわけです。つまり、

湖《みずうみ》の昨日にかわる新樹あり

一応これでもよろしいでしょうが、「新樹あり」では、なにか一本か二本の新樹という感じになりませんか。それなら「新樹光」として、湖畔一帯の情景とした方が、作品のすべてに光が当り、湖面そのものまで新鮮に見えてくるでしょう。

＊

更衣《ころもがえ》こころに青き風過ぐる（原句）

たいへん感覚的な句で、そういわれてみると、なるほど更衣したときは、胸の中まで初夏の風が吹き透るような感じがします。その感じを更に印象的に示そうとすれば、

更衣こころを青き風過ぐる

という表現も考えられます。「に」と「を」では作品の語勢がちがってくるためです。いたずらに強調することがいいわけではありませんが、この句の場合はその方が内容を一層鮮やかにするでしょう。

＊

郭公の声をききゐて沼暮るる（原句）

遠くきこえる郭公《かっこう》のこえに耳をかたむけていると、目の前の沼に次第に暮色がただよって来たという句。別段難のない表現のようですが、「声をききゐて」というところがすこし冗長に思われます。郭公の声で、すでにきこえることになりますから、

郭公のこえを遠くに沼暮るる

こんな表現も考えられます。

＊

更衣古びしいろに朱を加ふ（原句）

とりだした夏の洋服（または着物）が、いかにも古くさいいろになってしまった。せめて明

るい朱のベルト（あるいは帯締め）を用いようか、という内容でしょうか。あるいはまた、古風な色柄に対照的な派手ないろを、という意味でしょうか。どうも私には前者のように思われるのですが、それはそれとして、「朱を加ふ」がやや理屈っぽい感じがしませんか。ここは女性らしく、「朱を合せ」ぐらいにしてはどうでしょう。例えば、

黒繻《しゅ》子《す》に緋《ひ》鹿《が》子《の》合《こ》す暮春かな　飯田《いいだ》蛇笏《だこつ》

こんな句があります。この場合の繻子は多分帯のことでしょう。黒に緋鹿子、なかなか粋な色ですが、暮春となると一段とあだめきます。

＊

郭公や祠に破れ古太鼓（原句）

「祠《ほこら》に破れ古太鼓」といわなくとも、「祠に破れ太鼓《や》」あるいはただ「祠の古太鼓」でもよろしいでしょう。しかし、郭公のこえとひっそりとある小さな祠のなかの古太鼓との対照はなかなか面白い。わずかな工夫で味わいのある作品になる句といえます。

＊

梅の実に水道出しっぱなし妻買ひ物（原句）

たいへん面白い句です。思わず微笑が湧くほほえましい風景。ときにこういう自由奔放な作品も楽しいものです。

ただ、このような面白さに興じすぎると、俳句の骨格がだんだん乱れ、しまいには自由律の

ような形になってしまうおそれもありますから、やはり破調は出来るだけ抑え、俳句の格調を守るようにしたいものです。

＊

梅の実のたわわ日に有る長寿村（原句）

長寿の者の多い村。山間のひそかな村でしょうか。美食をせず、老いてもほどほどに労働をつづけるため、かえって健康を保つ結果となる。そんな村の梅の実がたわわに実っていたという句。

ただし、「たわわ日に有る」の、「有る」も「ある」でいいでしょうし、全体にどこかぎこちない感じです。これは、

梅の実の日にたわわなる長寿村

の方がすっきりしましょう。

＊

放生の河豚光らせて川薄暑（原句）

たいへん特異な素材をとらえた句です。「放生《ほうしょう》」は、古くからのしきたりで、捕えた生物をはなち逃がして、日頃の殺生のつぐないとすること。河豚《ふぐ》供養など、いまも産地で行われると聞きます。それを素早く句にしたところ、なかなかの力量と思われますが、このような場合は前書をつけると一層よろしいのではないでしょうか。というのは、河豚は海の魚ですから、川

というのが特異な感じ。それなら多分河口近くの風景と思われます。その意味で何々にてといった前書があるとよくわかります。

あるいはまた、「放生の河豚光らせて波薄暑」という表現も考えられるのではないでしょうか。これなら特に前書を要しません。

＊

夕 薄 暑 指 の 砂 文 字 浪 に 消 ゆ（原句）

「指の」というより「描く」といってはどうでしょうか。また「浪に消ゆ」より「浪に消え」と表現すると、作者の眼が足下の一点にとどまらず、海辺一帯に、そして光をかえす波の彼方にも及ぶ感じになります。そこで「夕薄暑描く砂文字浪に消え」とすると季語が一句を大きく蔽《おお》うことになると思いますが。

＊

岩 つ ば め 紅《べん》 殻《がら》 格 子 山 の 宿（原句）

紅殻（または弁柄《べんがら》）は、古くから使われた天然の顔料で、鉄が焼けて生ずる赤褐色の酸化鉄分。京都の大原路の家々や古い宿場町、あるいはこの句のように山の温泉などで見かけますが、ことに紅殻格子は、鄙《ひな》びた風情のあるもの。それと岩つばめとの対照は、いかにもにつかわしい風景です。

ただこの表現では、折角の好対照が、ポキポキ折れたような感じになって、情景が頭のなかにすっと入って来ません。

山宿の紅殻格子岩つばめ

鄙びた格子と、鮮やかにひるがえる「岩つばめ」を対置しながら、そこに表現のリズムを生かしたい。

佃島家《いえ》並《なみ》古るし軒つばめ（原句）

＊

佃島は、隅田川河口にある方二町ばかりの漁師町。正保年間、といいますから今から約三百四十年ほど前、摂州佃村の漁民が幕命でこの地に移り、将軍用の魚を獲ったのがその名の由来といいます。古い家並から、そんな昔のおもかげがしのばれますが、この場合は佃島は下五に据えて、

軒つばめ家《や》並《なみ》古りたる佃島

感銘の中心を明確にしたい。

＊

バス行きてもどる静けさ百合の花（原句）

どういう内容か、少々戸惑いましたが、再読して、バスから降り、家路をたどるその道すがら、百合の花を見かけた、という句意だろうと思いました。「もどる静けさ」といい、花も大輪の山百合とすると、しずかな山村の風景。それなら「バス行きて」より「バス降りて」の方

が明快。あるいは、

バス去りて戻る静けさ百合の花

とすると、田舎道そのものの描写になります。つまり、「行きて」に表現の難がある句。

＊

ぶらんこの揺れてかたへに乳母車（原句）

内容的にはよくわかる作品ですが、

ぶらんこの揺れるかたへに乳母車

と表現した方がスッキリしませんか。「揺れて」なら上句が「ぶらんこの」の「の」ではなく、「ぶらんこが」か、あるいは「ぶらんこは」とすべきでしょう。

＊

牡丹剪る心定めて眺めけり（原句）

剪《き》るは、剪定《せんてい》の剪で、ハサミで切る意。花鋏で切ろうとしたが、さてどれにしたものか、あまりに豪華な花姿に、しばしば躊躇したという句意でしょう。しかし「心定めて」しまっては、臨場感が生まれません。定まる前の気持を表現したい。

牡丹《ぼたん》を剪るべきこころ定めゐる

＊

馬曳くや蹄の音の牡丹かな（原句）

馬の蹄《ひづめ》の音と牡丹の花。このとり合わせはなかなか面白い。古俳諧の風味にも通うおおどかなあじわいがありますが、「や」「かな」の重複がまず気になりますし、このままでは印象不鮮明。

曳く馬の蹄の音と牡丹かな

更に考えられることは、蹄の音といえばおおかた馬蹄音と感ずるものが一般。あえて「曳く馬の」といわなくとも内容が理解できますから、例えば、

遠ざかる蹄の音と牡丹かな

こんな表現も考えられますが、どうでしょう。

＊

樟若葉さざ波天を占むばかり（原句）

樟《くす》は常緑で大樹となる木。安芸宮島のあの厳島神社の海中にそびえる鳥居がこれ。あるいは古い仏像なども、大きなものは樟の巨木を用いたといいます。日本では、湘南から西にかけての、おおむね暖地に見かけますが、五月初夏のころ、いっせいに新芽が萌える姿はなかなか旺《さか》んな景色。この作品はその若葉が、風にそよぐさまをとらえた句。ただし「占むばかり」とい

う形容は、短詩型としてはすこし遠慮深すぎるようです。「天を占め」と、一気に言い止めて、読者の気持を昂揚させ、共感を求めたい。とすると、

樟大樹萌ゆるさざ波天を占め

＊

里若葉休診続く診療所(原句)

病院はベッド数いくつ以上、それに満たないものは医院とかいう規定があるそうですが、診療所といえば、村立や町立のささやかな施設を想像します。お医者はひとりきり、そのお医者さんに不都合が生じては、休診にする外はない。それも何日か続いているという。辺鄙《へんぴ》なところではしばしばあること。

ただこの作品の場合、「休診続く診療所」はいいのですが、「里若葉」が内容に添わないのではないでしょうか。里いちめんの若葉、といえばはればれとした情景。その点がいささかしっくりしない。傍観者のようなよそよそしさ。季題・季語というものは、事実を示すと同時に、そのときの作者の気持を象徴する働きがあるものですから、このような場合は、やはり別な季題を考えたい。

＊

医師を待つみとりの窓に麦を刈る(原句)

散文と韻文のちがいは、ことに俳句のような短い詩型の場合は、散文のような叙述をすると、

かえって内容が理解しにくくなるものです。

医者を待ちながら看護している窓に、麦刈りが見える――これが散文表現。この句も大体似た叙述ですが、「みとりの窓に麦を刈る」と書くと、一読判然としなくなります。上句とのかかわりがすっと頭に入ってこないためです。このようなときは、

麦刈をみとりの窓に医師を待つ

中七はかわりませんし、ただ上句と下句を転置しただけで内容が鮮明になりませんか。さらに大事なことは、「医師を待つ」が作品の重心となるため、そのときの作者の気持を克明に伝えることになり、窓に見える麦刈りの姿も一層印象を深めることになりましょう。

＊

短夜や机上の一書閉ざされず（原句）

机の上の本が「閉ざされず」、つまり開いたまま。短夜の景として一応悪くない。しかし、「閉ざされず」はいささか意味ありげで、気になる表現です。むしろ素直に「開きしまま」でよくありませんか。

もう一点。「短夜」とほぼ似た季語として、歳時記に併記されている言葉に、「明易《あけやす》」があります。厳密にいえば同義ではないでしょう。「短夜」は夜中のこと。「明易」は、明け方近い時刻をさすのですから。しかし、この作品の場合、「短夜」のかわりに「明易」を用いて、

明易や机上の一書開きしまま

さらに、逆の観点から、

明易や机上の一書閉じしまま

という作品と比較してみてください。さきにも記したように思いますが、作品の推敲とは、ただ事実を追い求めることではなく、事実を選択して作品の真実に近づくことです。この場合の真実とは、「短夜」とか「明易」という季節の姿を正確にとらえることでしょう。その真実に近づくためには、本が閉じていた方がいいか、開いていた方がいいか。作品の成否はそのようなところで大きくわかれるものです。

＊

「合歓《ねむ》の花」といえばすぐ思い浮かぶのは、

象潟《きさかた》や雨に西施《せいし》がねぶの花　　芭蕉

『奥の細道』のなかの句。象潟は当時、松島と並ぶみちのくの名所の双璧。日本海沿いに南下した芭蕉も、この地を見ることはなによりもたのしみだったことでしょう。ことに細雨にけぶる風景はひとしお。そんな気持のたかぶりが見える句です。

もっともこの作品の初案は、

象潟の雨や西施が合歓《ねむ》の花

比較してみると、一見初案の方が表現はなめらかですが、初案は、比喩に比重がかかりすぎて内容を弱めています。これに対して成案の「象潟や」の上句の切れは、大景を素手でとらえ、そこに合歓の花の華麗を鮮やかに現じた力強さがあります。芭蕉推敲の手法を証《あかし》する句のひとつといえます。

なお、西施は呉との戦に破れた越王・勾践《こうせん》が、呉王・夫差《ふさ》に献じた越の国随一の美女。蘇東坡の詩などにもあらわれ、美形の象徴だったのでしょう。

＊

「露草」の兼題に、「露の草」という用例がいくつか見えました。「秋草」と「秋の草」は同義ですが、「露草」と「露の草」では別義。

あるいはまた、「秋蟬」の題に、「蜩《ひぐらし》」を詠んだものがありましたが、これも別題。蜩は別名「寒蟬」というように、ところによって晩夏に鳴くこともありますから、「法師蟬」などと同じように秋蟬の一種と考えてもいいわけですが、特に名指ししては題詠の意味がなくなりましょう。

つまり俳句で「秋蟬」といった場合は、秋鳴く蟬一般を指し、とくにどの蟬と限定しない。あいまいといえばあいまいですが、情感のうけとめ方としては理解できる季別といえます。こんな句があります。

朝日より夕日親しく秋の蟬　飯田　蛇笏

作者晩年の作。多分このとき耳にした蟬は蜩ではなく、晩夏初秋の法師蟬かミンミン蟬だったろうと思います。というのは、作者の在所では、蜩は七月初旬。ちょうど梅雨明けのころ鳴き、八月の半ばにはもうその声を聞くことはありませんから。

ただし、

いち早く日暮るる蟬の鳴きにけり　飯田　蛇笏

の方は蜩でしょう。亡くなる年の作品で、すでに病臥の身。昼の炎暑に耐えて、やっと夕べの涼風が吹きはじめるころ、裏山のあたりから涼しげに蜩の銀鈴が聞こえて来た、という内容。「いち早く」という言葉に、ほっとした気持と、一方に病養のわびしさが感じられるように思います。

＊

「木犀《もくせい》」を詠んだ二句について。

木犀や京都に路地の多かりし（原句）

京都は戦禍を免れた古い町ですから、いたるところに閑静な路地があります。路地に沿う家並には、塀越しに庭木がのぞく。芳香に気づいて顔をあげると、折から木犀の花ざかりであったという旅の思い出。

この句は、一応このままでもよろしいのですが、「多かりし」という過去形の表現、この点が少々もの足りない感じがします。もう一点は、折角「木犀や」と切れ字を用いても印象が不鮮明。このような場合は、過去形に頼らず、歩いている自分の足音が聞こえるような句にしたい。例えば、

木犀や京都は路地の多き町

つぎに、こんな句がありました。

木犀の散り敷く屋敷に往診医（原句）

内容は面白い句です。が、このままでは五・八・五の破調。破調でも調べを得る場合がありますが、この句の字余りは感心しません。花の散り敷くさまが、表現のとどこおりに阻まれて見えてきません。それに往診医は、病院での診察ではなく、それぞれの家に来てくれる場合ですから、広い家という感じの屋敷という言葉も省略して、

木犀の散り敷く中を往診医

こう表現しても、おのずからある広さと落着きを持った家の感じは生まれてくるのではないでしょうか。それに原句より、往診のお医者さんの姿がハッキリ印象づけられると思います。

＊

ひとつの言葉を漢字にするか平仮名にするか。俳句ではしばしば迷うことがあるものです。

それによって作品の印象がちがってくるためです。例えば、

折りとりてはらりとおもき芒かな　　飯田　蛇笏

これは最初の句集に収録したときの作品。ところが作者は、後にこれを、

をりとりてはらりとおもきすすきかな

と、すべて仮名書きに改めました。教科書などには後者が採られているようです。折りとったときの芒の微妙な重みが、仮名書きしたことによって、一層鮮やかに感じられる、という多くの鑑賞文を目にしますが、おそらく作者の意図もそうであったろうと思われます。ただし、仮名書きしたことによって、ときに解釈に戸惑いをおぼえる場合もあります。例えば、

御手洗の柄杓《ひしゃく》さらなり秋祭（原句）

という句がありました。この場合、「さらなり」は、「新《さ》らなり」か、あるいは「言うも更《さ》らなり」の略、つまり、もとよりとか、いうまでもなくの意か。

おそらく作者は、前者の意に用いたものと思われますが、しかし後者の場合と考えることもできましょう。秋祭の境内、ことに祭りを迎えた日の朝方は、なにもかも新鮮に見えるが、御手洗に添えた柄杓は言うも更なり。ひときわ鮮やかに眺められる、という。この場合は、さらなりは主として秋祭にかかって語勢を強めることになります。前の「新らなり」とちがった内

容の「更らなり」とすれば、解釈の混乱はさけられることになります。

＊

季語はちがいますが、よく似た情景をとらえた作品がありました。

柿日和小亀がひょんと首を出す（原句）

紅葉散る池に浮びし亀の首（原句）

どちらもたいへん面白い作品で、甲乙はつけ難いのですが、かりにこれを、

柿日和池に浮びし亀の首

紅葉散る小亀がひょんと首を出す

つまり、上句の季語をとりかえてみると作品はどう変わるか。ことに改作の二句目の、

紅葉散る小亀がひょんと首を出す

と、原句の、

柿日和小亀がひょんと首を出す（原句）

を比較してみて下さい。

改作の方は、一見面白い情景をとらえたように見えますが、面白さに興じ過ぎていかにも薄手の作品になりましょう。これが、原句「柿日和」となると、場面の説明はありませんが、天

と地の対照の妙を加えて、いかにも静かな秋の好日。ことに「ひょんと」という形容が絶妙の効果を示します。

逆に「紅葉散る」という作品の場合は、動きを止めた亀の首と、池の面に散りつぐ紅葉によって、静かな季《とき》の姿がありありと見えて来ます。その意味でも、二作は共に確かな句といえましょう。

＊

「稲妻・秋茄子《なす》・新涼」の三つの題のうちでは、「秋茄子」が少々厄介であったかもしれません。「夕餉の食膳に」といった言葉がたくさん目につきました。全般に食味がかかわった句が多かったようです。それはそれとして、自然のなりゆきと思いますが、例えばある歳時記にこんな句があります。

秋茄子の花夕暮をはやめたり　　河合喜美子

この句は、実ではなく花をとらえ、しかもいち日いち日と日短になっていく気配を一句の背景にしたため、とぼしい花数とその色が鮮やかに印象づけられます。また「はやめけり」でなく「はやめたり」という表現にも臨場感があるように思われます。

あるいは、

秋茄子の紫おもし親遠し　　石橋　秀野

この場合は、秋茄子を掌にしたとき、そのしっとりした重みに、遠く離れ住む親を思ったという第一義と、さらに、その両親たちとすごしたみずからの遠いむかしの月日もまた、という二重構造が、「紫おもし親遠し」の二段切れした語調に含まれているように思われます。

作品が類型からまぬがれるためには、観念にとらわれぬこと。はじめから秋茄子は美味なもの、ときめてかかってはどれもこれも似たような作品になってしまいます。

第四章　自作の周辺——四季の眺め

春

寒明くと啄木鳥《けら》うつ音を遠くより　龍太

啄木鳥《きつつき》には、何種類かあるようですが、私の家の近辺で見かけるのは、アカゲラとアオゲラの二種類。日本のどこにでもいる留鳥ですが、凪《な》いだ早春の山辺から、この鳥の木を打つ音がはればれときこえてくると、固い冬芽はうるみを帯び、地虫の眠りを覚まして、「もう寒明けなんだよ」と告げているようです。ただし、ケラが弧を描いて飛翔しながら鳴く声は、さえない濁音で、少々滑稽な感じ。昭和五十六年作。

朧夜のむんずと高む翌檜《あすなろう》　龍太

翌檜《あすなろ》は、ヒノキ科の常緑樹で、葉はヒノキより大きく、ぼってりと厚い。日本特産の木で、大きなものは三十メートルにも及ぶといいます。「あすはヒノキになるんだ」という健気《けなげ》な木といいますが、これはこれでまことに見事なもの。知人から、青森の県木ということを知らされましたが、雪深い真冬、亭々とそびえている風景は雄々しいものだろうと想像します。

それはそれとして、私の目にしたのは春夜。折からの朧月を梢上にいただいて鬱然《うつぜん》。昭和四十七年作。

白梅のあと紅梅の深空あり　　龍太

なお寒気ののこる大気のなかに、はやくも二、三輪白梅が開く。悪くない風情ですが、白梅がすっかり咲きさかると、ついであでやかに紅梅が蕾をひらきます。「もう寒さも大丈夫だよ。お前さんも出ておいで」。兄さんが可愛い妹にいっているような感じ。ことに麗らかに晴れ渡った日の眺めは格別。

近頃、郊外の植木溜りに、紅梅を数多く見かけるようですが、和風七分に洋風三分の、そんな花の風情が、ときの好みに適うのでしょうか。昭和四十八年作。

雪解川夜に入るこゑをはるかかな　　龍太

「雪解川名山けづる響かな　前田普羅」という、よく知られた作品がありますが、私の川は、至極平凡な、いわば名もなき山から流れ出たふるさとの川。春めくころになって、やや風向きが東に移ると、川音は風に乗って山峡をはなれ、盆地の夜空にひろがる感じでした。その夜、仰ぎ見る月齢は居待《いまち》のころだったでしょうか。かすかに、朧《おぼろ》の気配と思われました。昭和五十五年作。

春の鳶寄りわかれては高みつつ　　龍太

戦後間もないころの作品。萌《も》えそめた川堤に寝ころんで仰ぎ見ると、山国の真澄みの空に、大きな弧を描く二羽の鳶《とび》が眺められました。比翼の鳥とか連理の枝という言葉がありますが、この地上にいかにも平和がもどった、という感慨ひとしおでした。そう思いたい気持も含めて。昭和二十一年作。

貝こきと嚙めば朧の安房の國　　龍太

安房《あわ》の国は上総《かずさ》に隣りし、房総半島の南の部分。だいたい東京湾岸の木更津あたりから、太平洋岸の勝浦あたりを結んだ線でしょうか。文字通り暖国。一月に菜の花が咲き、二月はエンドウの花盛り。そして三月ともなると、新鮮な海幸がたっぷり獲れるところ。ことに春のアワビやサザエは格別の風味。やわらかな春の海風に、香ばしい壺焼のにおいが漂う『里見八犬伝』の地。遠く離れた山国の一夜、曾遊《そうゆう》の思い出を瞼にえがくとき、洋上の朧月《おぼろづき》はまこと茫洋。昭和四十九年作。

鋭《と》きいろのやさしさ舞へる初燕　　龍太

三月の終わり、あるいは四月のはじめごろ。伊達《だて》な姿を翻《ひるがえ》して素早く翔《か》けるツバメを見かけたときの驚きと新鮮なよろこび。他の小鳥のように、派手な囀《さえず》りを耳にすることがないだけに、思わず声をかけたくなるような親しさをおぼえるもの。瀟洒《しょうしゃ》で俊敏で、しかも凜《りん》とした気品。そのすべてを含んだやさしさを秘めて、この世にさだかな春を告げる天空よりの使者。

ふと町空で見かけるのも悪くはありませんが、なお白雪をいただく高嶺を背景にしたときの風姿は無類。昭和五十五年作。

夏

渓川の身を揺りて夏来るなり　龍太

家の裏を狐川と称する小さな渓流が流れています。寒中はところどころの崖に氷柱《つらら》がさがり、いかにもさむざむとした眺めですが、その氷も解け、ヤマザクラが咲き、岸辺のヤマブキの花びらが水面を流れ去るころになると、川はにわかに生気をみなぎらせて激《たぎ》りくだります。まさに山峡に夏来るという感じ。

もっともこの川は、その後の河川工事ですっかり趣をかえ、なんとも味気ない姿になってしまいました。その意味では、過去の懐かしい思い出につながる一句。昭和二十九年作。

目ひらけば海目つぶれば閑古鳥　龍太

札幌から小樽へゆく途中、同行の友人の山荘があるという。一寸《ちよつと》小憩していきませんか、といわれました。山荘は見晴らしのいい丘の中腹。みどりの茂みをこえて紺青の海がキラキラと輝き、眺めていると睡気がさす。目をつむると、海の方からカッコーの声がはればれと聞こえてきました。光の粒子を含んだような明るいこえでした。昭和三十八年作。

鹿《か》の子にものの見る眼《まなこ》ふたつづつ　　　　龍太

猫の子、犬の子はもとより、猛獣のライオンや虎、あるいはむくつけき猪にしても、たとえば瓜坊《うりぼう》といわれる猪の子などは可愛いもの。なかでも鹿の子の、あのつぶらな眼は可憐そのもの。この句は、旅中の奈良公園で見かけた印象を数年後再び思い浮かべて生まれたものですが、あの眼はいまもなお忘れがたい無垢《むく》のあかるさ。昭和五十四年作。

花栗のちからかぎりに夜も匂ふ　　　　龍太

俗に、桃栗三年、柿八年といいます。たしかに桃も栗も成長が早く、三年はともかく、数年苗木を育てると十分実がつきます。そして栗の花どきは梅雨のはしりのころ。いわゆる黒南風《くろはえ》の吹く、曇天の日が多く、あの鬱々《うつうつ》とした花香は、お世辞にも芳香とはいえませんが、しかし、短夜のひととき、闇の彼方から風に乗って大木の花香が漂ってくると、大自然のはらむある種の精気をおぼえます。

戦時中はあの花房を拾って乾燥し、蚊いぶしに用いたことがありました。昭和二十七年作。

短夜の水ひびきゐる駒ヶ嶽　　　　龍太

駒ヶ岳という名前の山は、全国にいくつかありますが、この駒ヶ岳は、そのなかで最高峰の甲斐駒ヶ岳。そこに源を発した尾白川、大武川、小武川などの清流は、釜無川となって富士川にそそぐ。支流のすべてがヤマメの好釣場。この句の川はそのなかの大武川。水がよく澄んでヤマメの姿が特別美しいいい釣場でした。夏の夜の、こころときめく釣宿でのひととき。窓をあけると、満天の星空に峻峰が巨人のように屹立《きつりつ》していました。昭和四十二年作。

かたつむり甲斐も信濃も雨のなか　　龍太

私の住いは甲府盆地の南東の台地にあり、盆地を隔てて甲斐駒ヶ岳と八ヶ岳の間がぽっかりと開いて、いわゆる諏訪口となります。冬の晴れた日には、この諏訪口に白雪をいただいた北アルプスの山々が眺められますが、梅雨季《つゆどき》は盆地も山も、すべて漠々たる烟雨のなか。わけても信濃の山野は遥かなおもいを誘います。足下眼前に、雨に濡れた蝸牛《かたつむり》の遅々たる歩みを見ると、このおもいはひとしお。昭和四十七年作。

鉄橋下岩散乱す昼寝覚め　　龍太

山の狭間を縫って行く中央本線の車窓は、いつも見馴れた風景。ついうとうととまどろんで、ふと甲高いレールのひびきに目が覚めると、眼下は桂川の渓流。折からの炎天に巨巌累々。そのひとつに釣人ひとり。思わず車中であることを忘れて——というのが作品の事実ですが、事実を離れて鑑賞するなら、例えば山峡旅泊の一日などを想像させるようにも思われます。作者としてはそれでも結構。昭和三十九年作。

浴衣着て竹屋に竹の青さ見ゆ　龍太

昭和三十四年夏の作。といっても内容は、戦前しばらく住んでいた東京・世田谷郊外の風景をふと思い浮かべて生まれた句です。竹屋の軒先に束ねて立てかけた大小の青竹が、折からの夕映えに鮮やかに眺められた、という至極単明な句。みどりの真竹は、キリッと締まって涼味があります。思わず浴衣の襟に、そして腕《かいな》に、微風をおぼえました。

たのしさとさびしさとなる瀧の音　龍太

滝は夏の季物とされています。もとより涼味を主眼とするため。ことに真夏の山中、巌頭から清流が激り落ちるさまは、まこと爽快。しかし、しばらく滝音に身をゆだねていると、なにがなし寂寥《せきりょう》のおもいが胸にさしこんでくる。目は水勢をたのしみつつも、こころはいつか別の天地を浮遊するためでしょうか。そのことわりはいまもって分からないのですが。昭和四十九年作。

ゆく夏の幾山越えて夕日去る　龍太

同じ内容の季語でも、「ゆく夏」という場合と「晩夏」とでは、いくぶん印象がちがってきます。バンカという語調語感は、どこか放ちおわった弓弦のひびきのようなものがあって、私の好きな季語のひとつですが、この作品の場合は、眼もこころも遠い彼方へ消え入るような気持でしたから、「ゆく夏」としました。夏の夕日が西空に没しようとするころ、靉靆《あいたい》とした夕霞のなかの山々は限りなく遥か。昭和四十年作。

どの子にも涼しく風の吹く日かな　　龍太

八月も半ばを過ぎると、文字通り目にはさやかに見えないけれども、吹き過ぎる夕風に、ひとしお秋近きおもいを誘われます。そして楽しかった夏休みもあと何日だろうか、と。が、しかし、嬉遊する子供たちの風貌は健康そのもの。大きいのもある。小さいのもいる。あるいは肥えたの痩せたのと。それらがすべて涼風の中。眺めていると、おのずから微笑が湧いてきます。昭和四十一年作。

山の雨たつぷりかかる蝸牛　　龍太

蝸牛――あるいはこんないかめしい字をあてるよりも、かたつぶり、でんでん虫、または、でで虫とか、まいまい、といったほうが親しみぶかいかもしれません。古生代からの遺物のような爬虫類《はちゅうるい》、たとえばトカゲや蛇のような無気味な姿とちがって、化石そのままの形をしていながら、なんとも可憐。しかもどこか飄逸《ひょういつ》のところがある。山雨一過。これぞ甘露と、角出し槍出しても、歩みは相変らず遅々としてまこと駘蕩《たいとう》。折からみどりの葉叢《はむら》を透かして、ほのかな夕明りのさすころ。昭和四十六年作。

秋

露草も露のちからの花ひらく　　龍太

露草は、葉も茎もみどり一色。文字通り路傍の草ですが、そこに紺色の花が浮かび出ると、まさしく露の化身《けしん》と思われる鮮やかさ。しかも気張らず息まず、どこか凜としたところがあります。私はこの花を見ると、明治のころの日本女性を思い浮かべたくなります。折から山頂を離れた朝日が大地を遍照してまさに秋到るおもい。昭和二十七年作。

花葛の果ての果てまで昼の海　　龍太

葛《くず》の繁殖力は実にすさまじいばかり。植林したばかりの山の苗木など、そのままにしていると、たちまちがんじがらめになって枯死してしまいます。ある程度の成木でも、蔓切りをしないと檜など幹が変形してものにならなくなるようです。

しかし、初秋のころ、断崖を蔽《おお》いつくして、むらさきの花房を無数につけた姿は、なかなか風情のあるもの。その向うは一望の海。きらめく波の彼方はるか沖は、白銀をのべたよう。思わず眼を細めて、肺いっぱいに海の爽気を深呼吸したくなる忘我のひととき。伊豆所見。昭和四十八年作。

涼新た白いごはんの湯気の香も　龍太

田舎のよろしさのひとつは、ものの音、ものの匂いに、それぞれ個性があるということでしょうか。あるいはそのものの持つ純粋な音、独特の匂い。ことに三伏《さんぷく》の炎暑が去って、爽涼とした初秋の気配につつまれると、特にそんな感じがします。新葱の味噌汁に、色鮮やかな季節の香のもの。そして真白なご飯からのぼる芳ばしい匂い。ふと、トヨアシハラミズホの国という、遠いとおいむかしの言葉を思い浮かべる朝のひととき。昭和五十三年作。

わが息のわが身に通ひ渡鳥　龍太

春、日本に渡ってくる鳥。あるいは秋に渡ってくる鳥。共に渡り鳥にちがいないのですが、俳句の場合は「渡り鳥」または「鳥渡る」というと秋季。深みゆく日本の空にこよなく適ったものとして眺められるためでしょうか。
山の家路を一歩一歩たどるにしたがって風景が展《ひら》け、刻々澄みを増す爽秋の大気。思わず歩をとめてうしろを振り返り、大空を仰いで深呼吸する。頭上遥かを過《よ》ぎる小鳥の群れは何鳥ともわかたず。昭和二十六年作。

去るものは去りまた充ちて秋の空　　龍太

作者自身としては解説しにくい作品ですが、秋深まる山国の空は、こんな感じがするのです。ツバメなどのように南へ帰る鳥。そして鴨や雁やツグミなどのように、北からやって来る鳥。年々鮮《あたら》しいおもいで仰ぎ見るのですが、考えてみると、このようなことは過去何百年も、いや、何千年もくり返されて来たのだ、と思うと、思わずホッと溜息が洩れます。

しかし、これもまた一期一会かと。鳥たちも去年と同じ鳥であるとは限りませんから。それもこれも含めて、真澄みの空は、大きな自然の摂理と無言の意志を示す。昭和五十三年作。

良夜かな赤子の寝息麩のごとく　　龍太

麩《ふ》は、小麦粉に水をまぜてよくこね、布袋に入れてもみ出した澱粉《でんぷん》をかわかして作るのだそうですが、フランスパンのような形をしていながら、不思議な軽さ。むかし、祭りにはこれに赤く色つけをした甘いお菓子がありました。公園などではお婆さんが鯉の餌として売っていました。水に浮いた麩に群がる鯉のさまが、幼児には面白いと見え、声をたてて笑いました。この句は、すやすや眠る赤子を眺めているとき、そんなことども思い浮かべての作。

なお、麩はものの本によると、ほぼ奈良時代、仏教渡来のころ日本にもたらされたらしい、といいますから、随分古い食品のひとつ。昭和五十五年作。

山々とともに暮れゆく木の實かな　　龍太

常緑樹の椎《しい》、樫《かし》、榧《かや》の実、あるいは落葉樹の櫟《くぬぎ》や胡桃《くるみ》や楢《なら》などの実は素朴で、どこか飄逸。そして一位やナナカマド、あるいは秋茱萸《ぐみ》などの真紅の実は、可憐華麗で、いかにも深秋の華やぎ、そのひと粒を口にすると、甘味の三倍ほどの酸味がさっと舌に溶ける。そのひと粒で、幼時が鮮やかに蘇《よみがえ》る。そんな感傷も含めて、いつかあたりは暮色につつまれていました。目をあげると、山々もまた夕闇の中。昭和五十一年作。

蜜柑捥《も》ぐ海の半ばの色しづか　　龍太

海沿いの段々畑を一歩一歩のぼる。まみどりの葉むらから溢れ出んばかりに、たわわに実った蜜柑の華やぎ。その一個に手を触れると、かすかな日のぬくみと豊かな弾力。そして、もぎとるとほのかな芳香を放つ。すでに台風の季節を過ぎた海は遠くまで凪《な》いで水脈《みお》の縞模様。このころはいつか食味を離れて、沖の彼方にあそぶ。昭和三十九年作。

冬

夕冷えの炉明りに宇野浩二伝　　龍太

『宇野浩二伝』（上・下）は、水上勉著の大冊。しかし、読みはじめると、食事のために座を立つのも惜しまれるような気分で朝から読みつぎました。読了し、気がついてみるとあたりはいつしか夕闇につつまれ、眼の前の炉火がひとしお鮮やかに眺められました。

宇野浩二は水上勉氏の師。宇野文学に対して、私は日頃、格別深い関心を持っていたわけではありませんでしたが、水上氏の師に対する熱い敬愛のおもいを秘めた冷厳な筆に魅せられていたようです。その意味でこの句は、読者の共感を無視した、私ひとりのつぶやきのようなもの。あるいは日記の一節。ときに、こんな句を記録にとどめるのも俳句のたのしみのひとつと思いつつ。昭和四十七年作。

祖父の世の木臼おほ寒小寒来る　　龍太

納屋の片隅に置かれた大きな木の臼《うす》。一体あれはいつ頃作ったものだろう。ともかく子供のころ、半世紀も前、いかめしい口髭《くちひげ》の祖父が元気だったころから、そこにある。一度も使ったところを見たことがない。むろん、これからも使うことはないだろうが、もうそこにどっしりと居据わって、己れの座を占めた感じだ。それならそれもいいだろう。わけてもこんな真冬の山村の景としては、存外似つかわしいかもしれない。昭和五十年作。

短日の胸厚き山四方に充つ　　龍太

海の眺めより、山の眺めの方が一般に季節の変化は克明ですが、冬迫るころは特に印象を強くします。私の在所は甲府盆地の一隅。背後に山を負い、盆地を隔てて、前方左右ことごとく山。それも二千メートルから三千メートルの高峰にかこまれていますから、まさに山国そのものの姿。峰のいただきにはすでにうすうすと新雪を見る十一月のころ。たそがれが迫るころになると、山襞《やまひだ》は深い翳《かげ》を刻んでひとしお重く据わる。まこと群れなして巨人倨《きょ》するが如く、ひとごころを拒《こば》むが如し。昭和三十九年作。

大根を抱き碧空を見てゆけり　　龍太

青首大根、練馬、聖護院、あるいは大きな桜島大根と、大根の種類にも数多くありますが、どれもこれもどっしりとした頼母《たのも》しい重み。わけても徳利形の、あの真白な三浦大根。思わず発育のいい赤子の抱きごこちを思い浮かべます。澄み切った初冬の碧空を仰ぎつつ家路をたどるとき、ふと「いつかもうおでんの季節になったたな」と。限られた季節の、季節故の素朴な食味。ホンモノの贅沢。昭和四十一年作。

冬の雲生後三日の仔牛立つ　　龍太

生きとし生けるもの、この世に生まれ出たときの姿は初々《ういうい》しいものですが、家畜はまた格別。飼育するひとの、生活をかけたよろこびが託されているためでしょうか。このとき私が目にした仔牛は漆黒。多分、但馬《たじま》牛の系統ではないかと思います。まだいささか頼りなげな脚つきでしたが、それでも大きな母牛に寄り添ってすっくと立ち、濡れたような眼が印象的でした。その頭にそっと手を触れながら、「こいつ、おとといの真夜中に生まれてね」と、開拓地の爺《じい》さんがいいました。おだやかな小春日和の日。昭和五十年作。

返り花咲けば小さな山のこゑ　　龍太

家の門を出た正面に段々の石垣。その一段目と二段目の間に、幾株かの山ツツジが植えてあります。何年ぐらい前のものか。とにかく明治以前からのもの。もう枝張りする元気もなく、年々株が小さくなっていくようです。と同時に、返り花がたくさん咲くようになりました。あたたかな小春日和に、淡い紅色をひらく。老艶、あるいは老いらくの華か。この株も、百何年か前は、いまここから見える裏山のどこかにあったものにちがいないのです。花は山を仰ぎ見、山もまた花を見ているように思われました。昭和五十三年作。

水鳥の夢宙にある月明り　　龍太

「鳥も夢を見るのですか」と訊《き》かれると返答に窮するが、月明の静かな漣《さざなみ》に身を揺られながら、一個の黒い毛糸玉のようになって眠っている水鳥を見ていると、ふとその夢は、明るい月の、限りなく澄んだ夜空を飛翔しているのではないか、と。九州旅中、熊本の近くで見た風景。昭和四十一年作。

梅漬の種が真赤ぞ甲斐の冬　　龍太

梅は中国渡来の植物。それも千何百年も前のことといわれ、いまは日本のいたるところにありますが、改良種の甲州小梅は、紫蘇《しそ》を入れた梅漬けにするのが一般。ことに、固めに漬けた小梅の歯ざわりは独特の風味。パリッと噛《か》むと、なかからころりと種が出ます。その種は、外の果肉よりもはるかに美しい鮮紅。ときに目を窓外に移すと、盆地をへだてた南アルプス連峰は見事な雪景色。あるいは、きびしさ故の美しさ、ともいえる真冬の甲斐の朝のひととき。昭和五十二年作。

冬晴れのとある駅より印度人　　龍太

関西旅中の、あれは阪急電車の窓から見た風景だったように思いますが、駅名はもとより、おおかたの地点もさだかではありません。というのは、二、三の親しい友人と同乗して、愉しくおしゃべりをしている最中、停車した小さな駅で、長身異形のひとを見かけ、真白なターバン姿に、印度《いんど》の人と合点しました。この日、抜けるような好天気でしたが、六甲とおぼしきあたりはうっすらと冬霞をまとって眺められました。昭和五十二年作。

解説

夏井いつき

独学で始めた俳句。私にとっての最初の師は、飯田龍太の本でした。

四国の片田舎の、町に一軒しかない小さな本屋さんには、俳句の本なんて全く並んでいませんでした。俳句総合誌の定期購読を注文したのがきっかけで、本屋のご主人は俳句関係の本を少しずつ置いてくれるようになりました。その頃の俳句界は、飯田龍太ブームともいうべき時代だったのでしょう。「俳句のことは全く分からんのやが、手に入るのはこの人の本ばっかりなんよ」とご主人は苦笑していましたが、私にとっては衝撃的な出合いとなったのです。

紺絣春月重く出でしかな　　飯田龍太

句が眼球に入ったとたん、懐かしい紺絣の柄がいきなり蘇りました。それは、母が妹の出産を前に、私のために用意してくれた絣の着物と袢纏でした。二歳下の妹が生まれた日、それを着た私の写真が残っています。父は、写真が趣味で、我が家には父専用の暗室もありました。この日着ていた紺絣は、父が撮った写真を眺めることで年々上書きされてきた幼い日の記憶なのでしょうが、殊更思い出すこともなく過ごしてきました。

が、この句と遭遇した瞬間、柄だけでなく、新しい絣の持つ独特の匂いや手触りまでが蘇ってきたのです。紺絣の染め残された白の輪郭は、湿度を含んだ夜気のなかに浮かぶ春月と重なりました。新しい絣の匂いとまだ堅さの残る手触りが、「重く」の一語とかすかに響き合うような心地もしました。何十年も忘れていた記憶を、生々しく再生させる俳句の力に撃ち抜かれる思いでした。

手探りの独学から少し進み、俳句を作るのが楽しくてたまらなくなった頃、憧れだった大判の歳時記全五巻を買いました。好奇心と向学心を満たしてくれる読み物として、歳時記の面白さを知った頃でもあります。大歳時記の執筆陣として錚々たる俳人の名が並んでおりました。私は、再び飯田龍太と邂逅します。

【早春】立春後しばらくの間の時候。もとよりまだ寒さはきびしく、すべてに冬の気配が漂うなかでも、なにやら春めく感じをいだかせる万象の姿。春浅しと同じ季節の感じであるが、視覚的により澄明な印象が強い言葉といえる。たとえば雲のたたずまいにはかすかな光りをふくみ、水のひびきには明るいリズムを、そして飛翔する鳥影にもきらめくものをおぼえるころ。

（講談社版カラー図説日本大歳時記「春」）

それまで読んだ歳時記の解説とは、全くスタンスの違う文章でした。季語の意味や成立や文献を説明するのではなく、季語に内包される感覚をあたかも描写するように書く、その姿勢に強く惹かれました。そして、最後に記されている「飯田龍太」という名に目が釘付けになりました。そうか、やっぱり飯田龍太なんだ！

「早春」は明確な映像を持たない時候の季語ですが、「すべてに冬の気配が漂うなかでも、なにやら春めく感じをいだかせる万象の姿」を感じ取るから、この単語が季語としての力を持つのだということが分かります。「春浅し」との比較として「視覚的により澄明な印象が強い言葉」と定義し、「たとえば」と具体的な映像を解説してくれる。そのとたん、私たちの脳内には、「早春」という季語の現場に浮かぶ「雲のたたずまい」や「水のひびき」や「鳥影」のきらめきが、ありありと再生されていく。そうか、季語とは生き生きとした五感情報のかたまりなのだと気付かせてくれるのです。

なぜ、飯田龍太だけが、このような書き方をするのだろう。いや、待てよ。虚子編『歳時記』を読んでいる時に、似たような感覚を抱いたことがあったぞと、思い当たりました。その記憶を頼りに探しあてたのが、次の一節です。

【草茂る】夏草が思ひのまゝに生ひ茂つてをるのをいふ。そこには清水も湧かう、蛇もゐよう。

季語の現場にあるのは、「早春」という時候や「草茂る」という状況だけではないのです。映像、音、匂い、肌触り、味などが、ある単語を核として結球してゆき、それが季語として生成されていく。あたかも、アコヤ貝の中に入った欠片が核となり、年月をかけて美しい真珠となっていく過程のようでもあります。

そうか、龍太と虚子の解説に共通するのは、実作者としての確固たる軸足なのだ、と気付きます。季語の現場に立って、季語と交信する。五感から入ってきた情報を、言葉に変換する。その行為は言い換えると、自分が自然の一部となる、自分を自然のなかに解放することかもしれません。龍太も虚子も、実作者の感覚として、このような書き方が身に添うものだと分かっていたに違いありません。

本書は、私が初学の頃に教科書とした一冊の復刻版です。今、懐かしい気持ちで手に取っています。

第一章「俳句の特色と魅力」は、まさに実作者としての心の置き方が丁寧に書かれています。優しい言葉で書かれているので先へ先へと読み進めてしまいがちですが、ゆっくりと咀嚼するつもりで読んで下さい。俳句における実作と理論は車の両輪。先に入門書を読破してから実作にかかろうとする人もいますが、それは効率の悪いやり方です。作ってこそ分かる、作りながら学ぶ。その道しるべとなるのが、第一章です。

第二章「秀句十二か月」は、珠玉の解説が並びます。解説文を味わっていただきたいのはいうまでもありませんが、俳句は韻文。ここに取り上げられている作品を、是非暗唱して下さい。一句一句手書きし、一句一句声に出して味わう。それによって俳句独特のリズムや調べが、体に入ってきます。実作者としての地力になります。

第三章「添削と助言」は、技術論です。たった十七音しかない俳句は、言葉の質量のバランス、内容の過多によって、常にケースバイケースの判断を必要とします。基本的技術を心棒として持っていてこそ、応用する力も身につくのです。

久しぶりに本書を読み、私も学び直しました。なぜ添削の必要があるのか、なぜ思いが言葉として実現できてないのか。それを作者自身に伝えきれず、もどかしい思いをすることがあります。「短詩型としてはすこし遠慮深すぎる」「作品の重心」「比喩に比重がかかりすぎて」「推敲とは、ただ事実を追い求めることではなく、事実を選択して作品の真実に近づくこと」などの評言を、改めて胸に刻みました。

第四章「自作の周辺」と題した自句自解。ミニエッセイのような味わい深い文章は勿論ですが、ここにある作品も暗唱しましょう。類型というコードを弾きこなし、韻というリフレインを格調高い調べとして奏でる。それが龍太作品の真骨頂。声に出してこそ味わえる真髄なのです。

さらに、本書を読み終わったからと、本箱の隅に突っ込んでしまうのは、実に勿体ないことです。例えば貴方が、三十七頁の「一日一句、そして三百六十五日」を、一年間かけて実践しきったとします。その後で、第一章から改めて読むと、最初読んだ時には読み飛ばしていた部分に、目が止まる。意味の深さに心がハッと揺れる。その瞬間こそが、実作者としての車輪がググッと前に進んだ証拠、成長の証なのです。

飯田蛇笏、飯田龍太父子の居宅「山廬」を初めて訪れたのは、何年前だったでしょうか。迎えて下さったのは、龍太の息子飯田秀實さんと、その奥さんの多惠子さんでした。

俳句を真剣に学ぼうと決めたきっかけが、龍太作品であった私にとって、「山廬」はまさに聖地訪問。蛇笏、龍太が暖をとった囲炉裏も、愛用した机もそのまま使われておりました。炭火が鮮やかに熾り、大鉢にはおもてなしの花。暮らすという行為のなんと美しいことかと、憧憬の念を抱かずにはいられませんでした。

嗚呼これが「父母の亡き裏口開いて枯木山」の裏山か、嗚呼これが「一月の川一月の谷の中」の狐川かといちいち感動しつつ、丘の上まで歩きました。「ここからは近すぎて富士が見えないんです」と秀實さん。そして、眼前に広がる斜面は春になると桃の花でうめつくされるのだと教えて下さいました。

秀實さんご夫妻は「山廬」に暮らしつつ、俳句を広める啓蒙活動を続けておられます。この地に生き、その血を継ぐ人間としての使命感、というと重苦しくも感じられますが、「自分たちにできることを明るく淡々と」と語るお二人の、謙虚で爽やかな志に強く惹かれます。ご夫妻は山梨県笛吹市境川町小黒坂「山廬」から、私は子規の国、愛媛県松山市湯月町上人坂「伊月庵」から、俳句の種を蒔いていきましょうと励まし合いました。

いつか、桃の花が咲き満ちる季節に、再び彼の地を訪れたい。それが、私の小さな夢です。地方に生きるという志は、飯田夫妻とともに掲げる指標。それは、飯田龍太から受け継いだ志でもあるのだと、私も胸を張りたいのです。

俳句の種が、あまねく花開く日を夢想します。この一冊が、小さな俳句の種として、皆さんの心に花ひらいてくれることを願ってやみません。

あとがき

本書は、令和二年（二〇二〇）父・飯田龍太生誕百年を機に『龍太俳句入門』と改題して出版されることになりました。

「あれもこれもではなく、あれかこれか。二者択一の決断」。父は俳句を作る心構えとしてよくこのように答えていました。「俳句上達の秘訣はなにか」。俳句を作る方ならだれもが求めるものです。一日、一か月、一年と日々継続することが上達の最善の道と思われますが、句作に行き詰った時などは一層秘訣が強く求められるのではないでしょうか。その手掛かりが本書の中で具体的な事例を挙げて、わかりやすく解説されています。

父は俳句について「日頃見馴れ聞き馴れているものが、思いがけず新鮮に映る一瞬のもの。そこに俳句の限りない魅力が秘められている」と述べ、また「作者の有名無名にかかわりなく俳人の誰もが第一級の俳句を生む可能性を持っている」と語っています。そのことが、多くの方を俳句へと導く魅力となっているのかもしれません。

刊行にあたり角川文化振興財団に感謝申し上げます。

令和二年三月

飯田　秀實

＊本書は二〇一〇年四月に角川学芸出版より刊行された『俳句は初心　龍太俳句入門』を改題、再編集し、角川俳句コレクションとして刊行したものです。

飯田龍太
大正9年、山梨県生まれ。國學院大學卒。昭和29年より「雲母」を編集。37年、父蛇笏の死去により「雲母」主宰を継承。44年、句集『忘音』により読売文学賞受賞。56年、日本芸術院賞恩賜賞受賞。59年、日本芸術院会員に任命される。平成4年8月、「雲母」900号をもって終刊。句集『百戸の谿』など10冊、エッセイ集『無数の目』など5冊、他に鑑賞、俳論、俳話、紀行など多彩な著作は『飯田龍太全集』全10巻（角川学芸出版）に収録。平成19年2月25日、永眠。86歳。

龍《りゅう》太《た》俳《はい》句《く》入《にゅう》門《もん》

初版発行　2020年4月25日

著者　飯田龍太

発行者　宍戸健司

発行　公益財団法人 角川文化振興財団
〒102-0071　東京都千代田区富士見1-12-15
電話　03-5215-7819
http://www.kadokawa-zaidan.or.jp/

発売　株式会社 KADOKAWA
〒102-8177　東京都千代田区富士見2-13-3
電話　0570-002-301（カスタマーサポート・ナビダイヤル）
受付時間　11時～13時／14時～17時（土日祝日を除く）
https://www.kadokawa.co.jp/

印刷所　株式会社暁印刷

製本所　牧製本印刷株式会社

角川俳句コレクション

ISBN 978-4-04-884351-5　C0095